SUTTON KRIMI

Andreas Kolb

# DER GUTE MENSCH VON DÜSTERODA

Ein Thüringen-Krimi

SUTTON KRIMI

## Über den Autor

Andreas Kolb ist selbst Pfarrer im Thüringer Wald. Er kennt und schätzt die Bewohner dieses Landstrichs und weiß aus eigener langjähriger Erfahrung um die Sorgen und Nöte einer Kirchengemeinde. Ein Mord ist ihm gottlob noch nicht untergekommen, den musste er erfinden.

Das Pseudonym Andreas Kolb erinnert an den in Reinhardsbrunn hingerichteten Wiedertäufer des 16. Jahrhunderts.

*Sutton Verlag GmbH*
*Hochheimer Straße 59*
*99094 Erfurt*
*www.suttonverlag.de*
*www.sutton-belletristik.de*

*Gestaltung und Satz: Sutton Verlag*
*Lektorat: Stefanie Höfling, Wiesbaden*
*Korrektorat: Hamburger Buchkontor, Dorothée Engel*
*Umschlaggestaltung: coverdesign uhlig, Augsburg,*
*www.coverdesign.net*
*Umschlagbild: picture alliance/Presse-Bild-Poss*

*ISBN 978-3-95400-453-9*

# 1

*Where have all the good men gone and*
*where are all the gods?*
*Where's the street-wise Hercules to fight the rising odds?*
*Once upon a time there was light in my life*
*But now there's only love in the dark*
*Nothing I can say*
*A total eclipse of the heart*

Nimmt also am Sonntag wieder so eine beschissene Trauergesellschaft vor mir Platz. Unsicher, weinend, aber mit einem stolzen Blick in der Fresse, als gehörte ihnen die Kirche in einer besonderen Weise, bloß weil der Name ihres frisch verstorbenen Onkels am Ende vorgelesen würde. Amüsant war höchstens, dass Familie Blech noch nichts davon ahnte und auch nicht der Protagonist ihrer Trauerzeremonie: Günther Blech.

Der Ausschuss musste selten zu Gericht sitzen, aber wenn, dann war das Urteil unumstößlich und nahm keine Rücksicht auf meine Pläne für das Wochenende.

Der Tod kommt immer überraschend, das hat man als erfahrener Seelsorger gelernt. Und auch dies: Sie hätten es natürlich sehen können, mindestens Frau und Tochter. Las man die Zeichen richtig, merkte man doch, worauf die Sache hinlief.

Haben Sie nie nach einem Todesfall mit sich gehadert, wie Sie den schwarzgewandeten Mann mit der Sense nur übersehen konnten? Die Leute hadern immerzu. Und sie wollen bis kurz vor Schluss immer noch hören, dass die Sache gut ausgehen werde. Billiger Trost! Günther Blech hatte über die Stränge geschlagen, nicht nur einmal. Ich für meine Person ahnte von daher schon länger, dass mich der Ausschuss in der Sache bestellen würde.

Ich nahm einen Lappen, befeuchtete ihn und wischte ein paar Krümel von der Arbeitsplatte in Tante Bettys Küche. Brettchen raus als Unterlage. Zu Erntedank hatte ich ihr ein Messerset mitgebracht, weiße Keramikklingen. Verboten gut. Ich hackte zwei Zwiebeln, bis sie in winzigen Stücken vor mir in der Butter lagen. Ich schnitt den Speck. Leises Brutzeln. Im Nebenzimmer rumpelte es.

Bei Günther würde ich keine Messer gebrauchen. Was wir schon lange nicht mehr hatten, war ein Jagdunfall. Die Wildschweine tilgen alle Spuren der Fremdeinwirkung, wenn man den verunglückten Jäger nur tief genug ins Holz zieht. Und die Pilzsaison war vorbei. Keine Sammler unterwegs; es ging auf Mitte November. Jetzt war Montag. Heute vermisst – Freitag gefunden, zur Not mit einem kleinen Tipp. So lautete jedenfalls der Plan.

Tante Betty tapste herein. »Ist denn heute schon wieder Sonntag? Das duftet aber fein.« Sie tastete nach Tisch und Stuhl, fühlte nach dem Kissen, das seit Jahren ihrem alt gewordenen Hinterteil Halt gab.

»Gebratene Klöße von gestern. Ist wieder so ein voller Tag.«

Sie nickte mit zusammengekniffenen Augen, aber an mir vorbei. »Sie verwöhnen mich.« Sie band sich die geblümte Schürze um, die an der Lehne des Küchenstuhles hing, und schob sich hinter den Tisch. Als ich hier im Ort anfing, da hielt sie es für ihre Christenpflicht, den alleinstehenden Herrn Pfarrer mittags zu bekochen, bis sich eine vernünftige Pfarrfrau fände, welche sich des naturgemäß hoffnungslosen Falls annähme. Mit den Jahren hatte sich das Gleichgewicht verschoben. Leider. Als ich kam, konnte sie von ihrem Balkon aus die Nadeln der verfluchten Fichten zählen. Später sahen Menschen für sie wie Bäume aus. Mittlerweile bestand sie auf der Meinung, sie habe in ihrem Leben genug gesehen.

Ich trocknete die Messer ab. Den restlichen Abwasch könnte sie machen. Ich setzte mich ihr gegenüber und las ihr aus dem abgegriffenen blauen Büchlein die Herrnhuter Losung. Dann bat sie mich um das Tischgebet. Sie hält mich für einen Heiligen, weil mein Vater ein verschissener Gemeinschaftsprediger war; ein konservativer Rechtsaußen, aber szenebekannt, dem Gott wichtiger war als seine eigenen Kinder. Hat ihm nichts genützt. Der Scheißparkinson hat ihn aufgefressen und er war noch bescheuert glücklich, als sein Blick trüb wurde und sein Herz stehen blieb. Meine Mutter drückte ihm die Augen zu, mit der ganzen Erfahrung von jemandem, der achtundzwanzig Ehejahre lang Augen zugedrückt hat.

Ich schloss mit Amen.

»Sie müssen sich wenigstens den Nachmittag frei nehmen«, seufzte Betty. »Auch Sie brauchen einmal ein paar Stunden, in denen Sie sich nicht um die Probleme anderer Leute kümmern.«

Ich brummte »ja, ja«.

Bei Familie Blech gab es mehrere Probleme. Zunächst: Günther trug das Geld seiner Familie ins »Rote Herz« nach Eisenach, eine Flüsteradresse, deren billiger Geruch in keinem Verhältnis stand zu dem hohen Preis der Rotkäppchen-Plörre, die man dort ausschenkte. Woher ich das weiß? Nun, ich habe ihn selbst dort getroffen. Der Ausschuss hat mir ein kleines Separee eingerichtet, damit ich mich nicht in Begierde verzehrte, wenn mich als alleinstehenden Herren die gottgegebene Lust überkäme, wie sich der Apostel Paulus sinngemäß irgendwo ausgelassen hatte – und damit ich mich von den Frauen des Dorfes fernhalte, natürlich.

Doch der Mensch muss müssen und folglich konnte ich nicht die ganze Nacht nur im Separee hocken und die Tittchen meiner lieben Jaqueline kitzeln. Und an einem frühen Sonntagmorgen stand er da neben mir am Pissoir. Normalerweise war Eisenach weit genug weg, um mir solche Begegnungen zu ersparen. Neben Jaqueline ein wichtiger Grund, hierherzukommen. Was für mich unangenehm war, entwickelte sich aber eindeutig zu einer Scheißsituation für Günther. Da triffst du den Pfarrer im Puff und kannst es keinem erzählen.

Umgekehrt solltest du merken, dass der Pfarrer nun Puzzleteil um Puzzleteil zusammenfügt, denn er kennt dein Haus, wie er alle Häuser kennt und ein und aus geht, weiß, mit wem du verwandt bist und woher du geerbt hast …

Die Position eines Pfarrers in Düsteroda jedenfalls war die eines allwissenden, richtenden Vollstreckers. Und ich zählte eins und eins zusammen, mir fiel ein, was mir Jaqueline in einer schwachen Stunde von einem unangenehmen Kunden aus Düsteroda erzählt hatte. So ganz wird man den Seelsorger nämlich nie los. Und auf einmal wusste ich, dass bei den Blechs zu Hause eben nicht auf magische Weise Menschen häufiger die Treppe rauf- und runterfallen als anderswo.

Weiterhin hatte der Ausschuss erfahren, dass Günther den Garten am Ortseingang verkaufen wollte, den seine bedauernswerte Gattin seit dem Tod ihres Onkels besaß, und zwar an Fremde! Das schlug dem Fass den Boden aus. Elke Blech hatte beide bis zuletzt gepflegt, den Garten und den Onkel. Bei so etwas sind sie allergisch im Ausschuss, Familie ist heilig in Alt-Düsteroda und den Besitz gibt man nicht einfach fort; erst recht wenn absehbar ist, dass die Mitgift zu den Huren wandert. Du sollst das Zicklein nicht kochen in der Milch seiner Mutter. Tja, was sollte ich tun?

Waren Sie schon mal in so einem Dorf im Thüringer Wald? In der Regel fahren nur Holländer dorthin, während wir Deutschen daran vorbeirasen, nördlich auf der A4. Dabei besteht die einzige Kunst des Thüringen-Urlaubers darin, die schönen Tage abzupassen. Zu DDR-Zeiten steppte natürlich der Bär dank FDGB-Ferien; wo sollten sie auch anders hin! Und wenn man die Einwohner Düsterodas heute fragt, dann ist ganz klar, weshalb sie alle so große Häuser gebaut haben. Fremdenverkehr. Auf einem anderen Blatt steht, wie sie so große Häuser bauen konnten. Da sagen sie meist, sie hätten halt gelernt zu organisieren und sich beizustehen, früher. Irgendwie stimmt das auch. Aber dazu komme ich noch.

Tante Betty aß noch, als ich den Schalldämpfer auf meine Beretta schraubte und sorgfältig lud; Geräusche, die sie nicht einordnen konnte, aber für gänzlich unverdächtig hielt, wie alles, was der Herr Pfarrer so verrichtete. Ich entschuldigte mich für meine Unaufmerksamkeit und kündigte an, am Nachmittag das Telefon auszuschalten und einfach mal in Richtung Rennsteig zu laufen. Sie quittierte das mit einem Lächeln.

Günther aus dem Dorf zu folgen, wäre zu auffällig gewesen. Aber es stellte keine besondere Herausforderung dar, ihn zu finden; denn er war ein erbärmlicher Jäger vor dem HERRN. Man musste nur sein Revier kennen. Und da er dem unwaidmännischen Laster frönte, das Wild anzufüttern, konnte man mit Sicherheit sagen, welchen Ansitz er an diesem Tag wählte.

Ich streifte also durch das Revier; und siehe, da lagen Mais, Tomaten und Äpfel in einer guten Schussposition auf einer kleinen Lichtung. Für meine Zwecke hat Günther eine gute Stelle gewählt, wenn auch nicht ganz perfekt. Einerseits war nicht mit irgendwelchen Scheißtouristen zu rechnen oder Motocrossjüngern, andererseits befand sich nur vierhundert Meter Luftlinie unter der Anhöhe die Bundesstraße und auf der anderen Seite ein kleiner Parkplatz. Hörte man dort einen Schuss, so war es ein Jäger. Hörte man einen zweiten, so hatte der Jäger einen Fangschuss setzen müssen. Bei Schuss drei und vier aber wählte mancher schon die eins eins null.

Als Jäger kann man nicht beliebig viele Schüsse abgeben. So blöd sind nicht einmal Rehe, dass sie sich nach einem einzigen Knall noch nähern. Höchstens einen Fuchs könnte man mit einem Schuss locken, der herankäme, weil er vermutete, die Jägersleute könnten ihn mit der Rehlunge eines aufgebrochenen Stücks bedacht haben. Manchen Fuchs trog die Hoffnung auf brutale Weise. Heute könnte Meister Reineke Glück haben.

# 2

Mir fröstelte bereits, als ich Günther sah. Ich warf die Kippe fort und steckte die Hände in meine Outdoorjacke, die Rechte an die Pistole, die jetzt noch ganz kalt war. Die Dämmerung kroch herbei. Natürlich näherte er sich dem Hochsitz gegen den Wind. Ich stand auf der anderen Seite, meine Beute fixierend. Der Mensch ist ein Mängelwesen. Dass er mich wittern würde – unwahrscheinlich. Die Schonzeit ist vorbei, Günther.

Er wankte zu seiner Kanzel. Fast rutschte er ab, als er die Leiter hinaufkletterte.

»Na, na, na!«, rief ich, als ich mich näherte. »Hals- und Beinbruch, Herr Blech! Wollen wir das letzte Büchsenlicht noch ausnutzen?«

»Der Herr Pfarrer«, lallte er. »Man trifft Sie an den merkwürdigsten Orten.«

Ich nickte. »Kommen Sie noch mal runter, ich hab da etwas für Sie.«

Günther ließ Fernglas und Gewehr auf dem Hochsitz. Ein untersetzter Typ, Segelohren und überall behaart. »Was kann das schon sein?«, fragt er. Die Leiter ächzte, als er mir rückwärts entgegenstieg. Er funkelte mich überlegen an. »Im Übrigen, Herr Pfarrer, Sie sollten lieber sagen: Waidmannsheil.«

»Waidmannsdank.« Ich zog die Pistole und schoss. Günther jedoch, durch die Waffe erschreckt und vom Kräuterschnaps verwirrt, war bereits zurückgestolpert, und so pfiff ihm meine erste Kugel durch die Schulter.

Seine speckige Jagdmontur färbte sich rot, als er im Krebsgang vor mir auf dem Boden kroch und stammelte; die sonst purpurne Nase so hell und weiß, wie sie zuletzt in der Volksschule ausgesehen haben mag. Ich hob die Pistole und ließ mir Zeit zu zielen; der Gesprächsstoff war ohnehin aufgebraucht. Aber ich war mir zu sicher. Als ich seine Stirn ins Visier nahm, trat er gegen den Ast, über dem ich stand. Der fuhr mir volle Kanne in die Kronjuwelen; der Schuss löste sich und ging ab in die Lärche. Goldene Nadeln regneten herab. Ich krümmte mich vor Schmerz; Günther sprang auf und rannte los.

Als Pfarrer kennt man das: Kurz bevor ein Mensch stirbt, pflegt er noch einmal aufzuleben. In Günthers Fall hieß das, er rannte wie Asael Ben-Zeruja. Und ich war leider nicht in der Form, in der ich in meinen recht jungen Jahren noch sein sollte. Wie es der Teufel wollte, wusste Günther, dass er die Bundesstraße erreichen musste. Und ich hatte bereits zweimal geschossen.

Ich setzte mich in Bewegung, rannte ihm nach, konnte aber der Bäume wegen nicht noch einen dritten Schuss riskieren. Das Licht schwand. Wir kamen jetzt auf einen Pfad oberhalb der Straße, Günther keine dreißig Meter vor mir, da gab ich ihm eine weitere Kugel in den Rücken. Er rannte immer noch. Könnte ich noch einen Schuss wagen? Es bot sich freie Sicht. Auf dem Parkplatz war niemand zu erkennen. Der Weg wurde breiter, Günther glaubte, die Straße erreichen zu können.

»Günther!«, schrie ich. »Herr Blech! Bleiben Sie doch stehen, lassen Sie uns reden!«, aber er war nicht so blöd, auf mich zu hören. Er war noch blöder. Er sprang auf die Straße, winkte mit den Armen über den Kopf, um einen heranrasenden Lkw anzuhalten. Und dann kam das Glück endlich einmal zu dem Tüchtigen.

An jener Stelle geht es leicht bergab, die Lkws kommen da gerne mal mit achtzig runter, erst recht – wie in jenem Fall – die überladenen Tschechen; denen ist eh alles egal. Wer weiß, wie lange der bereits am Steuer saß. Jedenfalls reagierte er noch und geriet sogar ins Schleudern, als Günther sechzig Meter vor ihm aus dem Wald rannte.

Ich hörte einen dumpfen Knall, Bremsen quietschten. Ich rannte zurück zum Aussichtspunkt. Das Gewicht der hinteren Achse lastete auf Günthers Gedärmen. Ein bedauerlicher Unfall würde es heißen. Ich verzog mich, um ein bisschen aufzuräumen. Günters Ausrüstung lag etwas durcheinander. Es musste dort ja nicht gleich alles nach einem Kampf aussehen.

***

Jaqueline hatte mich gewarnt, Günther hätte in der letzten Zeit mit merkwürdigen Leuten an der Bar im »Roten Herzen« gesessen, sie hätten Pläne erörtert, Häuser, Gärten in Düsteroda. Aber ich war zu besoffen, um es ernst zu nehmen. Das sollte sich bald rächen, denn irgendwer zermarterte sich gerade das Hirn, warum sein Notartermin mit Herrn Blech so plötzlich geplatzt war. Nichts wünschte ich hingegen so sehr, als dass Ruhe einkehren möge.

Ich besaß die Freiheit, einige besonders nervtötende Termine in dieser Woche abzusagen. Jedermann hatte Verständnis; Günther Blechs Tod muss für den armen Herrn Pfarrer eine schwere seelsorgerliche Herausforderung darstellen, die viel Zeit für Gespräche erforderte und die Vorbereitung einer einfühlsamen Leichenrede.

Dass sich die Freigabe des Leichenklumpens durch die Staatsanwaltschaft hinzog, änderte nichts daran, sondern entfachte das Ortsgespräch nur noch mehr. Das sind die Tage, in denen man mal den nötigen Respekt erfährt für seine Arbeit. Der Ausschuss hingegen zeigte sich so lange unzufrieden, bis die Zeitungen von einem tragischen Unfall schrieben und Günthers Asche unter die Erde gebracht werden konnte. Dann konnten sie im Ausschuss wieder ihre Strippen ziehen durchs ganze Land und die Geschäfte pflegen.

In meinem Eisenacher Separee wisperten sie weiter von dunklen Männern, die auf klaren Antworten bestanden; Männer, die an keine Zufälle glaubten. Nur Tante Betty hörte vergnügt auf ihre Losungsverse, Tratsch dagegen habe sie mit ihren siebenundachtzig Jahren wahrlich genug gehabt.

Elke Blech und ihre Tochter Anja weinten, als hätten sich die Brunnen der Tiefe aufgetan. Nur während ich auf den Lebenslauf des Mannes und Vaters zu sprechen kam, wurden sie trocken und blieben dann schmallippig. Kein

Wunder, im Zusammenleben mit ihm hatten sie oft genug eine dicke Lippe riskiert; sie sprachen von seiner Liebe zur Natur und baten mich, die Gestaltung der Feier mehr oder weniger allein in die Hand zu nehmen. Das können Sie mal testen: Wenn in der Leichenrede vom Wald und vom Garten die Rede ist, dann stimmt meistens irgendwas nicht in der Familie.

Ich hätte sie gerne damit getröstet, was ich über Günther wusste, beschloss aber, dass in der Rede des Trostes genug enthalten sein würde. Sonntag war die Bekanntgabe des Trauerfalls im Gottesdienst, die Kanzelschwalben schimpften über die Masse der Neugierigen, die die Familie Blech beim Kirchgang begleiten wollten.

Ein paar Tage später, Mittwoch, dann die Trauerfeier. Ich ließ singen »Oh Welt, ich muss dich lassen, ich fahr dahin mein Straßen ins ewig Vaterland« nach der Melodie »Nun ruhen alle Wälder.« Die neue Orgel, die wir für die Friedhofskapelle hatten anschaffen können, blubberte dazu mit ihren schwurbeligsten Registern.

Als meine Blicke über die Trauergemeinde schweiften, ging mir auf, dass ich die geflüsterten Warnungen zu leicht genommen hatte: Zwei schwarze Anzugträger in der vorletzten Reihe mit dunklen Sonnenbrillen, als hätten sie Tränen zu verbergen. Ein dritter stand an der Tür. Alle nicht von hier! Offenkundig hatte Günthers plötzlicher Tod ihnen wichtige Geschäfte verhagelt und sie stellten nun die große Frage nach dem Warum.

Ich verkündete der versammelten Gemeinde, dass es uns nicht immer gegeben sei, die großen Fragen des Wie und des Weshalb zu durchdringen, merkte aber, dass dies bei den fremden Herren nicht verfing. Am ehesten glaubte mir der Bulle, den ich weiter vorne ausmachte; ein Kaspar, der in seinem grauen Sakko versank und pseudoandächtig mitsang. In dessen Mannschaft gehörten die schwarzen Typen sicher nicht.

Ich betonte, Günther habe den Wald geliebt und seinen Garten. Er sei ein Mensch gewesen, der seine besonderen Rückzugsorte gebraucht habe, intime Plätze, von denen nur er und vielleicht der Pfarrer gewusst hätten, und wir alle müssten uns fragen, an welchen besonderen Orten wir unsere Kraft fänden. Den Unfallfahrer schloss ich in die Fürbitte mit ein.

Dann kam Jaqueline, die immer hatte Sängerin werden wollen und die sich stets dankbar zeigte für die Auftritte, die ich ihr verschaffte. Ich saß hinter ihr. Während sie sang, fuhr ich mit den Augen an ihren festen Waden auf und ab, immer den nostalgischen schwarzen Strich ihrer Nylonstrumpfhose entlang. Ich versuchte, etwas von ihrem Duft aufzusaugen, scheiterte aber in der Friedhofskapelle daran. Knapp unter der schmalen Schulter endete der Zopf, in dem sie für diesen Anlass ihre platinblonde Haarpracht gebündelt hatte. Sie zitterte leicht, während ihre warme Stimme durch den Raum schwebte, viel langsamer, als man es normalerweise singen würde:

*Müsst aus dem Tal ich scheiden wo alles Lust und Klang*
*Das wär mein herbstes Leiden, mein letzter Gang.*
*Dich, mein stilles Tal, grüß ich tausendmal!*
*Das wär mein herbstes Leiden, mein letzter Gang.*

Abgang, Blaskapelle, Ende und aus. Und das sollte es dann wirklich werden, ihr letzter Gang. Zugegeben, Jaqueline war mir etwas ans Herz gewachsen.

Ich zermarterte mir das Gehirn, warum ich es nicht hatte kommen sehen. Sonst bin ich so gut darin. Am frühen Abend wollte ich sie treffen, ihr sagen, wie gut sie war, aber vor dem »Roten Herzen« stand die Polizei nebst gleich zwei Notärzten. Die kleine Saskia teilte mir in gebrochenem Deutsch am Hintereingang mit, Jaqueline habe einen Unfall gehabt. Ich brauste heim und mir schwante Übles.

# 3

Ich fuhr durch die Straße, nahm aber nicht wie gewohnt die Einfahrt zum Pfarrhaus. Das Auto stellte ich lieber ein paar Hundert Meter abseits und ging zu Fuß an die Friedhofsmauer, überwand sie, als ich sicher war, dass Frau Schwelmbach im ersten Stock gegenüber von einer Horde Volksmutanten an den Fernsehsessel gefesselt war. Sonst stand sie hinter der Gardine, um zu beobachten, wer alles kommt, um die beschissenen Gräber zu pflegen – oder wer als Letztes vom Stammtisch nach Hause torkelte. Nach dem Friedhof kommt eine zweite, nur wenig höhere Mauer, über die ich in den Pfarrgarten stieg.

Im Haus hörte ich nichts. Dennoch schlich ich gleich links unten in mein Büro, wo eine Waffe versteckt lag. Ich stolperte und fiel; mein Cello, das ich an den Stuhl gelehnt hatte, krachte auf den Boden. Jetzt polterte es im ganzen Haus.

Ich flüchtete mich über die Kellertreppe. Wie ich es hasse, wenn ich da runter muss! Die Tür konnte ich von innen abschließen. Ich nahm eine Eisenstange und schlug die Neonröhren kaputt. Auf der Treppe und in dem kurzen Gang zerschmiss ich drei Weinflaschen. Ich stellte mich hinter die Tür meines pfarramtlichen Vorratskellers.

Ein feiner Strahl von Mondlicht rieselte wie Staub durch den alten Kohlenschacht zu mir nach unten. Wüste Tritte gegen die Tür. Das Schloss gab nach. Meine Augen gewöhnten sich an das Dunkel. Bald knirschten die Scherben auf der Kellertreppe. Zwei Männer stiegen hinab. Sie redeten nicht miteinander und dennoch hörte man sie schnaufen und gestikulieren. Sie hielten sich für Profis, das merkte man. Der zarte Rost auf der Eisenstange schmeichelte meinen Fingern, während das Gewicht der Stange mich rückwärts zog. Mit gebeugten Knien stand ich da, einen Fuß nach hinten ausgestellt, damit ich meine Waffe über den Kopf schwingen konnte. Das Knirschen näherte sich. Bestimmt würden sie gleich in verkackter SEK-Manier um die Ecke hüpfen. Da! Und schon krachte es.

Heimvorteil und Überraschungseffekt versuchen Profis normalerweise auf ihrer Seite zu behalten. Diesem hier splitterte die Stirn. Zwischen Nase und Augapfel fanden sich tief eingedrückt noch vier Tage später die Rostspuren meiner Stange. Der zweite schoss sofort in den dunklen Raum, beließ es aber bei dem einem Versuch, als er sah, welches Feuerwerk der Querschläger veranstaltete. Zudem erschrak er über die Lautstärke. Ich packte ihn am Arm und drückte meinen Daumen tief in Richtung des Schmerzpunktes und seine Waffe fiel zu Boden. Dafür gab er mir zwei Hiebe mit dem linken Ellenbogen auf den Rücken, sodass ich ebenfalls stürzte. Ich rollte mich zur Seite und schnitt mir die Hand an einer Scherbe. Aber er trat dadurch ins Leere. Wir sahen jetzt gleichermaßen gut. Oder schlecht, wie Sie wollen. Doch ich war zu Hause und er hatte Angst.

Ich langte nach der Stange und hieb sie ihm gegen das Schienbein. Er zog ein Messer und versuchte, auf mich einzustechen. Indes ich blieb am Boden, tauchte immer wieder darunter weg und schlug nach seinen Beinen. Er tanzte, bis er über den toten Kollegen stolperte. Jetzt ging es ans Eingemachte.

Das Regal neben der Tür hätte aus Sicherheitsgründen an der Wand befestigt sein müssen, denn hier lagerte ein Mordsgewicht. Bohnen und Pfirsiche aus allen Jahren, seit ich meine Pfarrstelle angetreten hatte. Vergammelte Erntegaben, gesammelte Werke. Wer zum Teufel isst eingekochte Pfirsiche? Ich sprang auf die Beine, hieb meine Eisenstange in den Spalt zwischen Kellerwand und Regal und hebelte. Er hatte keine Chance. Bretter und Einmachgläser gingen auf ihn nieder. Die meisten Gläser zerbarsten, nur wenige blieben heil. Ich selbst hechtete auf diesen Berg, mit dem Mann, der da röchelte und seine Kräfte sammelte, den Mund öffnete und schreien wollte. Seine Schultern zuckten. Mein Knie auf seiner Brust. Ich suchte etwas, um ihm das Maul zu stopfen, fand aber nur matschige Pfirsiche. Wenn man ordentlich nachstopft, passt ein gutes Dutzend hinein. Das Röcheln endete und ich merkte, dass ich selbst hechelte. Ich war so außer Atem, dass ich das Klingeln erst nicht hörte. Im Hochgehen nahm ich ein schmutziges Handtuch und band es über die blutende Rechte.

Eine direkte Sicht auf das Pfarrgrundstück hatte glücklicherweise niemand, weil es von zwei Seiten durch den Friedhof eingeschlossen war. Unten waren die Gemeinderäume und mein Büro. Oben bewohnte ich allein die großzügige Pfarrwohnung. Auf der anderen Seite des langgezogenen zweieinhalbgeschossigen Baus mit enger Tordurchfahrt stand das schmale Fachwerkhaus von Tante Betty, das ich sowohl über die Straße als auch durch den Garten erreichen konnte, denn die Hintertür zu ihrer Garage stand stets offen. Nur ein bisschen den Bauch einziehen musste ich immer, um durchzukommen, denn Tante Betty brachte es nicht übers Herz, sich von dem Wagen ihres Mannes zu trennen. Ein Ford Capri von 1984 in Topzustand; kurz nach der Wende hatte er ihn gekauft. Ein bisschen schade für eine Blinde, aber sie wurde ärgerlich, wenn ich vorschlug, ihn zu Geld zu machen.

Wie dem auch sei, eigentlich wohnte ich wirklich ruhig. Nur sollte man kein Kriegsgeschrei erheben, um nicht selbsternannte Samariter anzulocken.

An der Tür stand der Wichser von schräg gegenüber, der Gepolter und Geschrei aus dem Pfarrhaus vernommen hatte und nun helfen wollte.

»Nein«, meinte ich, »sehr aufmerksam. Bin die Kellertreppe runtergestürzt, aber sonst alles paletti.«

»Haben Sie sich verletzt, Herr Pfarrer?«

Ich zeigte meinen blutenden Handballen. Er hatte schnell Verbandszeug bei der Hand, nötigte mich aber, mit ihm auf den Schreck noch einen Cognac zu nehmen. So saßen wir bei ihm, bis es schon auf Mitternacht zuging. Endlich verstand er, dass ich einen harten Tag hatte und mich nun zurückziehen musste.

»Es hört ja auch nie auf, Herr Pfarrer. Der nächste Tote kommt manchmal schneller als man denkt.«

Leider wahr.

Im Keller fand ich rasch die beiden Mobiltelefone der toten Killer. Ich knipste die Taschenlampe aus, steckte sie in den Hosenbund und ging ins Büro, wo ich die Handys untersuchen wollte, bevor ich sie vernichtete. Ich drückte die Klinke herunter, ohne darüber nachzudenken, dass die beiden Killer die Tür wohl kaum so ordentlich verschlossen hatten, bevor sie mir in den Keller folgten. Ich schaltete bereits das Licht an, als der Gedanke kam.

»Ganz ruhig. Hände über den Kopf.«

In meinem Sessel saß der dritte. Hätte der Spacko von gegenüber nicht geklingelt, wäre ich vermutlich schon tot. So hat es sich die Ratte in meinem Büro bequem gemacht und mich erwartet und ich tappte ihm in die Falle, wie die Einwohner von Ai dem Josua Ben Nun. Immerhin hatte ich vor meinem Tod noch einen Cognac genascht.

»Die Handys«, fragte ich und wedelte sanft mit den Geräten, »darf ich sie ablegen?«

Er deutete auf meinen Konferenztisch. Ganz langsam legte ich sie hin.

»Diese Nutte …«

»Jaqueline, unsere Trauersängerin.«

»Wie auch immer.« Er wog eine Glock in der Hand, die entsichert war und einen Schalldämpfer trug. »Erst haben wir ihr geglaubt.«

»Was?«

»Dass sie sonst niemanden kennt aus Düsteroda. Dass Günther der einzige verschissene Thüringer-Wald-Öhi ist, der ab und zu einen geblasen haben will und dafür bis Eisenach fährt.«

Jaqueline! Die einzige im Puff, die eine ungefähre Vorstellung davon hatte, womit ich mein Geld verdiene. Wie viel hatten sie aus ihr herausgeholt?

»Was sie auch gesagt hat, sie ist eine Nutte …«

»Es ist zu spät. Du hast sie singen lassen auf der Beerdigung. Das war dein Fehler. Wusstest du, dass sie verreisen wollte? Sie hat gerade gepackt, als wir bei ihr angeklopft haben.«

Sie hat sie auf der Trauerfeier erkannt, schoss es mir durch den Kopf. Mir schwindelte und ich wusste, warum sie gezittert hatte, als sie sang. Die erhobenen Hände am späten Abend nach dem Blutverlust trieben mich an den Rand einer Ohnmacht. Er winkte, dass ich ihm gegenüber einen Stuhl nehmen könne.

»Für uns hat sie auch gesungen. Wir würden alle unsere Strafe noch kriegen, sang sie. Ist das nicht ulkig? Fast hätte sie Recht behalten.«

Ich suhlte mich noch ein wenig in meiner Mattigkeit und antwortete nicht. Welches Geschäft hatten die Männer mit Günther geplant, dass sie nun eine solche Unruhe nach Düsteroda tragen mussten aufgrund eines bedauerlichen Unfalls? Und was wussten die Damen aus dem Ausschuss darüber?

»Meine Oma war fromm. Sag mir, was ein Pfarrer im Puff zu suchen hat!«

Ich stotterte, ich hätte Jaqueline immer nur helfen wollen und alles Weitere beträfe das Seelsorgegeheimnis, nach dem ein Pfarrer bereit sein müsse, Dinge mit ins Grab zu nehmen.

»Das kannst du gerne tun«, sagte er und zielte mit der Glock in meine Richtung. Dann grinste er. »Es gab mal so einen Film, da hat der Killer seinen Opfern aus der Bibel vorgelesen … Kennst du den?«

»Nein«, log ich.

»Klar kennst du den. Pulp Fiction. Hesekiel 25 oder so. Sag mir den Spruch auf!«

»Fragen Sie doch Ihre Oma.« Als hätte ich das ganze Alte Testament in meinem beschissenen kleinen Schädel.

»Hör zu, Kirchenarsch, wenn du nicht tust, was ich sage, dann wirst du große Schmerzen leiden.«

Pause.

»Also gut, wenn Sie es wollen, lese ich Ihnen aus der Bibel vor. Machen Sie sich nur bewusst, dass dieses Buch die Macht hat, Ihr Leben zu verändern, unteres nach oben zu kehren und der Gerechtigkeit des HERRN zum Sieg zu verhelfen. Denn das Wort Gottes ist lebendig und kräftig und schärfer als jedes zweischneidige Schwert und dringt durch, bis es scheidet Seele und Geist, auch Mark und Bein, und ist ein Richter der Gedanken und Sinne des Herzens.«

Er lachte. »Weiter so!«

Zum Glück begann er, mich für einen Idioten zu halten.

# 4

»Wenn es recht ist, nehme ich zu diesem Anlass die feierliche Bibel.«

Während er noch gluckste, schritt ich zum Regal und nahm die extraschwere Goldschnittausgabe heraus. Ist mein Wort nicht wie ein Hammer, spricht der HERR, der Felsen zerschmeißt?

Ich setzte mich hin, überkreuzte die Beine, damit er die Bibel nicht von oben sah. Mein linker Zeigefinger schob sich über das Inhaltsverzeichnis, während meine Rechte unter den unversehrten Seiten des Buches Genesis tief in den Teil der Bibel griff, den man getrost ausschneiden konnte, weil ihn sowieso niemand las. Dort hatte ich mit dem Verband einen kurzen Moment Mühe, den Colt zu umfassen. Und der Heini grinste immer noch.

»Warte noch.« Er kicherte. »Wenn ich mich jetzt gleich bekehre – was würdest du mir denn dann vorlesen?«

Das war nicht schwer. »Wahrlich, ich sage dir, heute wirst du mit mir im Paradiese sein.«

Und das war das Letzte, was er hörte. Ich bin eh kein großer Pulp-Fiction-Fan. Persönlich, also in meinem Leben, halte ich es mehr mit Woody Allen. Die Bibel wäre mir mitten durchs Herz gegangen, wenn ich nicht immer die Pistolenkugel in der Brusttasche dabeigehabt hätte, die meine Mutter mir einst schenkte.

Papierfetzen segelten durch den Raum. Die Wand hinter dem selbstbewussten Meisterkiller war ganz rot. Der Ausschuss müsste sich mal wieder um die Renovierung des Pfarrbüros kümmern. Der Keller hatte Zeit, dort war es kühl. Bei den nächsten Trauerfeiern könnten die Burschen peu à peu mit unter die Erde. Für irgendwas musste es doch gut sein, dass der Sohn einer der Damen aus dem Ausschuss den Friedhofsbagger fuhr.

Ich kippte noch fast eine halbe Flasche Scotch und räumte dabei bis tief in die Nacht meine Bücherregale um, bis der Ausschuss einen Handwerker schicken würde. Über einige der schlimmsten Flecken klebte ich ein Poster von so einem verkackten Verlag für christlichen Seniorenkitsch, Sonnenuntergang mit Sinnspruch. Ich beförderte den toten Vollidioten mit gekonnten Tritten die Treppe herunter und verstaute die Handys der Arschlöcher in einer Schmuckurne, die mir der Bestatter als Anschauungsmaterial für die Konfirmanden geborgt hatte. Danach schlief ich etwas länger den Schlaf des Gerechten – oder Ungerechten. Wie man es nimmt.

Kurz vor Mittag las ich Tante Betty aus der Post vor, während meine Bohnensuppe mit Kassler und Speck auf dem Herd köchelte. Völlig verzückt registrierte die alte Schachtel, wie dieses erbärmliche Waisenhaus in Tansania, für das sie seit Jahren betete, nun endlich die Mittel beisammen hätte, um eine Augenärztin einzufliegen, die den Kindern den Star stechen könnte. »Wenn ich nur etwas mehr Rente hätte«, leierte sie dann.

»Aber Sie beten doch, Sie tragen sie mit ihrer geistlichen Kraft.«

Tante Betty strahlte. Dann kam sie auf die gestrige Beerdigung und erhob den Zeigefinger. »Sie haben so viel Gutes von ihm sagen können, wie Sie das immer machen.«

»Es war wohl nicht alles gut, was Sie von ihm gehört haben?«, fragte ich sie.

Sie wog den Kopf. Ich konnte ihre Gedanken lesen: Du sollst nicht falsch Zeugnis geben!

»Zieren Sie sich nicht so. Sollte ich als Pfarrer nicht im Bilde sein?«, versuchte ich sie.

Es arbeitete in ihr. »Wir hätten schönere Gärten hier im Dorf, wenn sich jeder so sehr um seinen Garten kümmern täte, wie Sie es immer berichten.«

»Wir haben schöne Gärten, Sie sehen sie nur nicht.«

Sie lachte auf. »Ach, seien Sie nicht so grob zu mir …«

»Sie wissen nicht, was es heißt, wenn ich zu jemandem grob bin«, knurrte ich und schob ihr einen Teller hin. Aber sie griente bloß. Ich legte ihr ein Lätzchen um. Tattrig und blind ist keine gute Kombination, alles ordentlich auf dem Löffel zu balancieren.

»Sie sind ein braver Mensch«, sagte sie und schlürfte. »Is' so!«

Zum Nachtisch diente sie mir gerade drei Tage alten Pflaumenkuchen an, als es klingelte. Sie stand auf, tastete erst nach ihrem Stock und sich dann langsam nach vorne.

»Ob der Herr Pfarrer hier ist?«

Ich sprang auf und griff nach dem Colt unter meinem Sakko. Nach der letzten Nacht hatte ich mir gesagt: Du gehst nicht mehr ohne raus.

»Herr Pfarrer, die Polizei?«, rief Tante Betty, als ob sie es nicht wahrhaben wollte.

Ich öffnete ihren Spülschrank und schob die Waffe hinter die Putzmittel in die Lücke zwischen Regalboden und Abflussrohr. Ich schielte in den Flur. Beruhigt sah ich den Kaspar wieder, den ich schon auf dem Friedhof entdeckt hatte. Seine Klamotten waren noch immer zwei Nummern zu groß, sein schütteres Haar etwas zu lang, ein riesiges Brillengestell fuhr Rad auf der breiten Nase.

»Sind Sie der Herr Pistorius? Samuel Pistorius?« Er warf schnelle Blicke auf Tante Betty, die noch keine Anstalten machte, zu ihrem Kaffeegedeck zurückzukehren.

Ich nickte. Er stellte sich vor als Gernot Brückner vom Landeskriminalamt. Ermittelnder Kommissar.

»Wollen Sie ihn nicht hereinbitten?«, fragte ich Betty. Im Gegensatz zu ihr sah ich, dass er nicht wollte, doch setzte ich mein freundlichstes Gesicht auf und nötigte beide, Betty und den Kommissar. »Es wäre uns eine Freude«, behauptete ich.

So blieb ihm nichts anderes übrig, als der blinden Omi hinterherzutippeln und an ihrem nicht ganz einwandfreien Küchentisch Platz zu nehmen. Ich saß mit dem Rücken zur Spüle und drückte mit der Ferse den Schrank zu.

»Nun, Herr Pistorius«, fing er an, »ich weiß nicht recht, wie ich beginnen soll … Herr Pistorius ist doch für Sie in Ordnung? Oder soll ich Herr Pfarrer sagen?« Er saß da wie ein Bittsteller. Je unsicherer die Typen sind, desto mehr muss man sie weichkochen, um zu wissen, woran man wirklich bei ihnen ist. Tante Betty zwang ihn, ein Stück Kuchen zu nehmen. Meines rührte ich nicht an, klapperte nur ein wenig mit der Gabel.

»Greifen Sie ruhig noch einmal zu, Herr Kommissar, unsere Betty backt vorzüglich!«

Später nahm ich ihn mit in die Kirche. Eine beschissene Kälte, aber ich ließ mir nichts anmerken. Mein Gast zitterte. Ich zündete eine Kerze an und verbeugte mich mehrfach so vor ihr, dass ich ihn aus den Augenwinkeln betrachten konnte. Hätte er irgendwas mit der Kirche zu tun, fände er mein Verhalten sonderbar. Leute dagegen, die nichts mit der Kirche zu tun haben, akzeptieren sämtliches abstruses Verhalten als einen legitimen Bestandteil christlicher Kultur und bestaunen es, als wären sie im Zoo. So verhielt es sich auch mit Kommissar Brückner.

»Sie haben eine schöne Kirche.«

»Das bekommen wir oft gesagt.«

»Wie war es möglich, dies alles zu sanieren? Das ganze Gold. Man kann ja nur staunen.«

»Zum Teil haben wir das schon vor der Wende machen können. Wir hatten immer viele Gäste im Ort, die gerne gegeben haben.«

»Tatsache?«

»Manche haben wir auch etwas überreden müssen … Aber zum größten Teil liegt es an der großen Kreativität und dem Einfallsreichtum hier in der Gemeinde. Es sind besondere Menschen. Sie nehmen die Dinge in die Hand auf eine Weise, die …«

»Verzeihen Sie, Herr Pistorius, Herr Pfarrer … Ich habe wirklich den allergrößten Respekt vor ihrem Gotteshaus. Aber sicher haben Sie auch ein Arbeitszimmer oder einen Konferenzraum oder so etwas.« –

»Ja, schon …« Ich tat, als wollte ich fortfahren, sah seinen Dackelblick und entschied, ihn nicht weiter zu quälen. Im Amtszimmer schloss ich die Fenster und zündete mir eine Pfeife an, ohne um Erlaubnis zu fragen.

»Herr Pistorius«, begann er wieder, als er mir gegenübersaß, und er zitterte noch immer. »Anderen mag es leichter fallen, Ihnen zu vertrauen. Für mich ist das heute Premiere. Ich rede zum ersten Mal mit einem Pfarrer. Aber es gibt da eine Angelegenheit, in der ich im Namen meiner Dienststelle um Ihre Mithilfe bitten will.« Jetzt schaute ich wohl etwas betroffen. Er tastete sich weiter vor. »Es gibt Hinweise, dass Herr Blech – wie soll ich sagen – keines natürlichen Unfalltodes gestorben ist.«

»Oh Gott, wie furchtbar!«

Irgendwie logisch, dass ich damit nicht so einfach durchkomme, dachte ich. Aber jetzt galt es.

»Ja, furchtbar, wie Sie sagen. Wir haben erst mal alles unter dem Deckel gehalten. Bei der Polizei nennen wir das Täterwissen, das nicht bekannt werden soll. Ermittlungstaktik. Aber, das müssen Sie mir jetzt einfach mal glauben: Die Ergebnisse der Obduktion sind unzweideutig.«

# 5

Mit knappen Worten deutete er mir an, was ich doch schon wusste. »Und jetzt wird die Angelegenheit ein wenig knifflig. Ich kann Ihnen zur Rekonstruktion des genauen Tatherganges selbstredend keine Auskunft geben. Wir diskutieren allerdings derzeit, ob nicht sogar der ganze Ablauf in die Richtung eines professionellen Killers gehen könnte.«

Natürlich war das alles andere als professionell, Dumpfbacke!, dachte ich. Wenn es professionell gegangen wäre, dann säßest du jetzt nicht hier. Aber ich sprach: »Oh nein, soll das heißen, organisierte Kriminalität hält Einzug?«

Er schaffte es tatsächlich, verschwörerisch über die zu große Brille zu blicken. »Ich ziehe Sie jetzt wirklich ins Vertrauen.« Dichter Tabakrauch füllte mein Amtszimmer. Ich hörte einfach zu. »Nun wollen wir hier im Ort ein wenig die Ohren aufhalten. Den Kollegen ist aber schon aufgefallen, dass die Leute nicht viel reden. Ich bekam also die Aufgabe, mich hier einmal weniger offiziell umzuhören. Zunächst war geplant, dass ich als Tourist komme – aber die Kollegen haben kein freies Zimmer mehr gefunden.«

Ich musste mir ein Grinsen verkneifen. Wie Sie sich denken können, konnte das Landeskriminalamt nicht einfach Zimmer buchen in Düsteroda. »Undercover, oder wie?«

»Ja. Aber vor allem präventiv.«

»Präventiv-undercover – was soll das denn?«

»Am Ort sein, bevor das Verbrechen zuschlägt. Es geht darum, Schauplätze in den Blick zu nehmen, wo sich möglicherweise eine Gefährdungslage zuspitzt. Wir rechnen damit, dass dies der Auftakt sein könnte zu weiteren Aktivitäten. Sehen Sie, Herr Pfarrer, Herr Pistorius, mit Verlaub gesagt, Günther Blech, wer war das schon? Wer heuert Profis an, um Günther Blech zu erledigen? Wenn ein Günther Blech sterben muss, wer ist der Nächste?«

Ich nickte. Das ging in die Richtung der Fragen, die auch ich mir stellte, wenngleich aus ganz anderer Perspektive. »Aber wie kann ich Ihnen nun dabei behilflich sein?«

»Sie bewohnen allein ein großes Haus. Ist es vielleicht möglich, Sie geben mich als einen Kollegen aus? Oder einen spätberufenen Praktikanten? Vielleicht ein Zimmer – für vierzehn Tage? Es soll Ihr Schaden nicht sein, das Amt zahlt alles. Ich würde einige Besuche machen, in einer anderen Rolle auftreten – die Statistik sagt, fünfundachtzig Prozent der Einwohner Düsterodas gehören Ihrer Kirche an …«

Das stimmte. Das abergläubische Dorfvolk spürt nun einmal, dass es Unglück bringt, die Gemeinschaft der Heiligen zu verlassen.

»Wissen Sie, was Sie von mir verlangen? Ich soll jemanden auf meine Gemeinde loslassen, der nichts weiter ist als«, ich schüttelte mich, »ein Wolf im Schafspelz.«

Er fuhr sich jetzt mit den Fingern in den verbliebenen Haaren herum und sah so erbärmlich aus, dass ich für ihn hoffte, es wäre nicht seine Idee, mit der er sich bald bei seinen Vorgesetzten blamierte. Kommt ein Bullenschwein und fragt einfach, ob es bei mir einziehen darf!

»Herr Pfarrer, überlegen Sie es sich noch mal«, bettelte er. »Angenommen, es gibt Indiskretionen, es entsteht ein Klima der Angst in diesem wunderbaren Ort, eventuell blieben Gäste aus – ich meine, wie hoch ist die Wahrscheinlichkeit, dass tatsächlich etwas passiert. Eine Woche, vielleicht zwei, dann bin ich fort. Und selbstverständlich gilt für mich in gleicher Weise eine Verschwiegenheitspflicht.«

Diese Sprache verstand ich besser. Selbst wenn jemand bei ihm beichten sollte, wäre dieses Geständnis unter der Vortäuschung des geistlichen Standes vor Gericht wohl nicht zu gebrauchen. Aber auf die Leute, die etwas Substanzielles zu beichten hätten, würde er ohnehin nicht kommen. Ganz abgesehen davon, dass Ermittlungen, die nicht still und heimlich verliefen, im Ort tatsächlich unangenehme Effekte haben konnten. »Wir haben noch Ausschusssitzung heute Abend. Die muss ich jetzt vorbereiten.«

»Was für ein Ausschuss?«

»Kirchenschmuck und Dekoration.«

Brückner hustete.

»Herr Kommissar, ich gebe Ihnen morgen Bescheid.« Ich brachte Brückner zur Tür.

Ja klar, manche Reste meiner Erziehung wirken bis heute nach, zum Beispiel mein Gerechtigkeitssinn. Nein, lachen

Sie nicht, ich komme noch darauf zu sprechen. Ohne meinen Gerechtigkeitssinn wäre ich möglicherweise immer noch im Knast. Aber manche Dinge wird man nicht los, selbst wenn man möchte. Und was habe ich versucht, ihn mir auszureden.

Ob ich mir je habe vorstellen können, so zu werden? Oder wie ich meinen Lebenslauf beurteilen würde, wenn ich mich mit den Augen der Jugend betrachtete? O weh! Ich wäre wohl mein eigener gottverdammter Alptraum!

Im Arbeitszimmer meines Vaters gab es eine Wand mit einem Stammbaum. Er harkte immer sorgfältig alles Papier um diese Wand weg und während sich von den anderen Wänden und sogar aus Regalen über Fenstern und Türen Bücherkaskaden ergossen und bei jedem Windzug Blattstöße von Predigtmitschriften oder skizzenhafte Bibelarbeiten durch den Raum wehten, strahlten hier noch zwei bescheuerte Spots auf die Galerie der Heiligen. Wir standen beide davor, seine Hand auf meiner Schulter, und blickten zurück bis in die Anfänge unseres Geschlechts. Es gab hagere Großonkels mit kreisrunden Brillen und glatter Haut. Und es gab einen feisten Ururgroßvater, der in Uniform posierte. Ein beschissener Hofprediger. Davor waren es Stiche: Romantische Träumer mit breitem weißem Kragen, aber vermutlich nicht so weißer Weste. Der Typ des hageren Besserwissers tauchte im achtzehnten Jahrhundert wieder auf. Noch früher schwammen sie im Öl und da gab es nur die strengen Vertreter der Rechtgläubigkeit, mit roten Wangen und Johann-Sebastian-Bach-Gedächtnis-Perücken. Das war die Zeit, als aus der gewöhnlichen Familie Bäcker die gelehrte Familie Pistorius wurde. Ich, der

Herr, dein Gott, bin ein eifernder Gott, der die Missetat der Väter heimsucht bis ins dritte und vierte Glied an den Kindern derer, die mich hassen, aber Barmherzigkeit erweist an vielen Tausenden, die mich lieben und meine Gebote halten.

Einst wollte ich auch da hängen.

Ich hatte gerade mein Abitur bestanden; ganz gut, wie ich glaubte. Zum Ewigkeitssonntag spielte ich auf dem Cello für die Alten. In unserem Jugendkreis ging ich voran, schlug die Gitarre und las die Schrift. Im Gegensatz zu meinem Bruder, der früh eigene Wege ging, bevor er, viel später, doch in seine Fußstapfen trat, hielt ich mich für den Traum meines Vaters. Umso härter traf mich sein Urteil.

»Ich glaube, es ist nichts für dich«, sagte er und seine Hand wurde immer schwerer auf meiner Schulter. »Du bist auch so ein hingegebener Mensch; du musst nicht erst auf der Kanzel dienen.«

Ich weinte.

»Es ist eine Last«, tröstete er mich, »wir Lehrer werden strenger beurteilt im Gericht.«

Ich ließ mich nicht trösten und beschloss, es besser zu wissen. Er hatte für mich eine Stelle bei einem Optiker, wo ich eine Ausbildung hätte machen können. Ein alter Freund der Familie, der enttäuscht war, als ich ablehnte. Sie nervten mich wochenlang: Ob es nicht doch mein spezieller Auftrag sein könnte, für Blinde und Sehbehinderte da zu sein? Ein anspruchsvoller Beruf, bei dem sich nicht nur mit Menschen ins Gespräch kommen lässt, sondern der auch auf dem Missionsfeld gefragt ist. Doch ich, mit dem klaren Wunsch, Pfarrer zu werden, ließ mich von der

Bundeswehr befreien und startete ins Theologiestudium. Später bereute ich das sehr. Aber wie nützlich eine gediegene Ausbildung an der Waffe ist, konnte ich da noch nicht ahnen.

Mein Vater sprach immer: Wie weit du dich auch von Gott entfernen magst – er wird Dir hinterhergehen. Damit entließ er mich, obwohl er es selbst kaum noch zu glauben schien. Ob er recht hatte? Oder ob manche Wege einfach gegangen sein müssen, als wären sie von irgendwo gelenkt – wer weiß das schon? Ich betete um Wegweisung, schlug die Bibel auf und las aufs Geradewohl: »Und er, er wird ein Mensch wie ein Wildesel sein; seine Hand gegen alle und die Hand aller gegen ihn und er wird wohnen seinen Brüdern zum Trotz.« Und so kam es; ganz ohne, dass ich es gewollt hätte.

Manche von den Frommen warnen vor dem wissenschaftlichen Studium der Theologie. Es sei eine Art Gehirnwäsche. In der Konfrontation mit den Argumenten der historischen Kritik würde der Glaube zerbrechen. Aber nein, so war es bei mir nicht. Einer der Dozenten legte uns ans Herz, den mitgebrachten Mantel unseres naiven Kinderglaubens an der Garderobe abzugeben. Es war das erste Semester. Ich gehörte zunächst zu jenen, die lieber schwitzten. Ich hatte noch jemandem etwas zu beweisen an der Universität. Ich hörte die Stimme meines Vaters unisono mit dem Apostel Paulus: Wenn Christus nicht auferstanden ist, dann lasst uns essen und trinken, denn morgen sind wir tot.

Im Übrigen, ich meine nicht, dass ein Mensch den Glauben einfach verlieren kann oder von heute auf morgen seine Grundeinstellungen ändert. Das ist Quatsch. Und am wenigsten geht es durch ein heißes Bad in kräftigen Argumenten. Ein paar verfluchte Seifenblasen, denen man hinterherrennen kann und in denen man sich spiegelt, nützen mehr. Man freut sich an neuen Entdeckungen, hascht nach ihnen und taumelt über eine Wiese, der Tau benetzt die Füße und ein Gefühl von Freiheit stellt sich ein. Die Zehen bohren sich in das Gras und man fragt sich, wieso man sie so oft in das enge Leder schließt. Man verwechselt das Besondere mit dem Allgemeinen, den Schein der Dinge mit ihrem Wesen. Es ist, wie wenn man beginnt zu trinken: Der Zauber des ersten Bieres, die Suche nach neuen Gelegenheiten, die guten Vorsätze, die nicht eingehalten werden. Als Seelsorger kennt man das. Ganz am Ende, da kommen die Argumente. Die guten Gründe, warum es nun richtig ist, warum es bleiben sollte, nein, müsste, wie es ist. Vielleicht mit einem vorweggeschobenen, selbstmitleidigen: Ich wünschte, ich könnte noch so wie früher …

Willst du einen Menschen verführen, dann finde seine Sehnsüchte.

# 6

Es klingt für Sie vielleicht merkwürdig, aber die Enge meines Elternhauses ging mir erst in jenem Moment richtig auf, als ich merkte, dass ich meinen Vater intellektuell übertrumpfen konnte. Na klar, er fand für alles, was ich sagte, ein Gegenargument aus der amerikanischen Literatur, die er über seine evangelikale Versandbuchhandlung bezog. Aber damit berief er sich immer wieder auf fremde Autoritäten. Und ich sah ihn ängstlich blicken, wenn ich meine griechische oder hebräische Bibel auf den Tisch legte. Als Gemeinschaftsprediger lebte er von einer weniger tiefgründigen Ausbildung an einer provinziellen Bibelschule.

Zunächst ging es noch nicht um die Wurst, es war eher ein Ringen, dessen Ernst die anderen am Tisch nicht wahrnahmen. Nur ich roch seine Angst vor dem Tod und dem darauf folgenden Gericht über die untreuen Lehrer der Gemeinde. Ängste, die meine neuen Freunde nicht kannten. Wie gesagt, um Argumente geht es dabei weniger. So lernte ich es doch noch während des Studiums, zu essen und zu trinken, mir aber um den Tod keine Gedanken zu machen.

Zuerst zogen sie mich noch, als wir Wände beschmierten wegen einiger beschissener Atommülltransporte. Teufel, wie habe ich gezittert! Dann zogen wir gemeinsam einen durch; und nach wenigen Monaten gefiel ich mir darin, meinen Glauben mit gesellschaftlichem Engagement und Studentenleben zu verbinden, Gott nur noch dann zu suchen, wenn ich ihn brauchte und nicht, wenn er mich rief. Und ich merkte gar nicht, dass ich seine Hilfe immer weniger brauchte.

Je freier ich wurde, umso mehr konnte ich vorangehen, und als das Bafög auslief, hielt ich mich über Wasser, indem ich die Kiffer mit Stoff versorgte. Seit dem achten von insgesamt fünfzehn Semestern engagierte ich mich in einem Verein der Rumänienhilfe und hatte gute Verbindungen aufgebaut, durch die ich günstige Angebote machen konnte.

Ich legte schließlich den Mantel ab, brachte ihn zur Garderobe und vergaß ihn dort, während mir unser eifriger Jungdozent einen neuen, belanglosen Jesus vorstellte, durch seine kritische Entzauberung ebenso nackt wie ich, der zwar zum moralischen Vorbild noch taugte, aber als Erlöser eine ziemliche Null war: ein von der Urkirche zum Gottessohn hochgejazzter Zimmermann, der unter ungeklärten Umständen aus seinem Grab verschwunden ist – und zwar bis heute.

Tatsächlich gibt es keine vernünftigen Erklärungen dafür. Aber ich bin nun lange genug ein verfluchter Mafioso, um zu wissen, dass es sehr unvernünftige Gründe geben kann, weshalb ein Mensch aus seinem beschissenen Grab verschwindet.

Ich sagte mir lieber, wenn es keinen Gott gibt, dann gibt es auch keinen Grund redlich zu sein, nicht einmal intellektuell redlich. Was sollte das Geschwätz über Liebe, Vernunft, Ethik, Hoffnung oder Werte, die doch alle nur Spitznamen Gottes in unserer Sprache sind? Tarnbegriffe für Dinge, die unser Denken übersteigen und uns, wenn wir sie akzeptieren, unweigerlich auf eine schiefe Ebene bringen, die uns davon abhält, der Weisheit unseres Bauches zu folgen.

Ich hätte vielleicht nicht Pfarrer werden dürfen, aber ich musste doch immer noch jemandem etwas beweisen. Selbst wenn ich nicht mehr genau sagen konnte, wem und wofür. Und wenn ich predigte, wärmte mich ein dicker wollener Talar, der mich und die Gemeinde allein schon mit seiner Beschaffenheit daran erinnerte, dass wir mit unserem erbärmlichen Gottesdienst eine vorgestrige Folklore abzogen.

Warum hätte ich diese allgegenwärtige stille Übereinkunft zwischen dem Pastor und seinen Schäfchen je laut kritisieren sollen, wenn sie mir doch auf der anderen Seite die Möglichkeit eröffnete, mir unter dem Talar ein zweites Standbein zu schaffen? Anfangs zögerte ich immer noch, mit Gewalt zu tun, was getan werden musste. Dabei wusste ich bereits, dass es in der Branche nie den falschen trifft – und ich legte mich nur mit den Übelsten an. Sie merken schon, meine Gerechtigkeitsgene.

Noch während meines Vikariats, also, wenn die Theologen-Frischlinge mit einem erfahrenen Popen mitlaufen sollen, um sich pfarramtliches Gehabe anzutrainieren, hatte ich Gelegenheit, die neue Einstellung zu prüfen. Ein kleiner Ort an der Saale; Lindenblüten segelten über den Fluss, die Schwalben waren zurückgekehrt. Da war ein Mädchen in der Gemeinde, gerade konfirmiert, und im

Dorf war ein Mann, Grinsebacke, schon Mitte dreißig, Nichtsnutz, Rockertyp. Der Vater hat es mir gebeichtet, was er erleben musste und dass er seine eigene Tochter zur Abtreibung gedrängt habe. Das Kind heule jetzt den ganzen Tag und der Typ liefe immer noch im Dorf herum. Sie hätte den Typen wohl geliebt, aber als sie schwanger wurde, sei für den die Luft aus der Sache irgendwie rausgewesen. Immer wenn er zu Aldi käme, habe er Mordfantasien, weil da dieser Typ neben dem Altpapiercontainer stünde und grinste; grinste dauernd und prostete ihm aus der Ferne mit seinem Feldschlösschen-Pils zu.

Er beichtete und beichtete und war doch drauf und dran, seinen Glauben zu verlieren. Da empfahl ich ihm als noch ungeübter Seelsorger die Rachepsalmen. »Auf, HERR, und hilf mir, mein Gott! Denn du schlägst alle meine Feinde auf die Backe und zerschmetterst der Gottlosen Zähne.« Er gelobte, keinen Gottesdienst mehr zu verpassen, falls Gott dieses Gebet erhörte und die Grinsebacke strafte. Dieses Gebet würde er erhören, dafür verbürgte ich mich.

Samstagabend klingelte es bei der Familie, aber als der Vater öffnete, fand er nichts als ein Säckchen mit sieben Schneidezähnen, vier Eckzähnen und vierzehn Backenzähnen. Die ehemalige Grinsebacke lief erst durch den Ort und versuchte all denjenigen gehörig Angst einzujagen, die ihm nicht weiterhelfen wollten auf der Suche nach seinem unbekannten Entführer mit der Zange. Als er merkte, dass seine eigenen Anstrengungen etwas zahnlos waren, drohte er mit der Vergeltung seiner Rockerfreunde. Am Ende überlegten die sich aber, was sie für so einen abgewrackten Wichser riskierten. Zumal Bäckchen tatsächlich ein Arschloch war, versoffen dazu, und bald darauf bei seinen Freunden im Motorrad-Treff Hausverbot erhielt. Und diese Leute wissen, wie man so etwas durchsetzt. Angesichts ihrer eigenen Probleme musste Grinsebackes Auftreten ihnen reichlich impertinent erschienen sein: Der Grasnachschub stockte, weil ihr Dealer, ebenfalls ein Arschloch vor dem Herrn, einen Unfall hatte.

Da traf es sich, dass ich mich eines Abends in den Motorrad-Treff verirrte, der von außen ein wenig Ähnlichkeit mit einer spießigen Gartengaststätte hatte und dringend renovierungsbedürftig war. Sie starrten mich alle erst groß an. Ich erzählte von einer Hilfslieferung der Kirchengemeinde nach Rumänien und dass ich große und starke Fahrer bräuchte, mit dem Zoll sei alles klar; Kost und Logis seien frei.

Die Rocker dachten, sie müssten mich töten oder Schlimmeres. Dann erwähnte ich hinter vorgehaltener Hand, dass es ein Problem mit Spendengeldern gab, die leider nicht verzollt werden konnten. Ich fragte, ob sie nicht ein gutes Werk tun und bei dem Transport einen kleinen Umschlag mitnehmen wollten, darin etwa zweitausend Euro, von denen niemand etwas wusste. Die grinsten sofort, als hielten sie mich für bescheuert, und stupsten sich gegenseitig die Ellenbogen in die Rippen. Klar, meinen Umschlag mit der Liebesgabe der Gemeinde würden sie da unten bei dem erstbesten deutschsprachigen Rumänen in Stoff umsetzen. Bräuchte man nur noch dafür zu sorgen, dass ihnen der richtige Deutschrumäne begegnete.

Bei ihrer Rückkehr zeigten sich die starken Männer tief beeindruckt von der Gastfreundschaft der rumänischen Christen und wie reibungslos beim Zoll alles lief mit den Kirchenpapieren, vor allem, als sie sich, wie ich geraten hatte, an den Zöllner Stani wandten, der ebenfalls ein gläubiger Mann war. Sie gaben mir die mitgebrachten Spezialitäten meiner Glaubensgeschwister: Kunsthandwerk und einen Steintopf voll stinkender Soleier. Sie luden so, dass ich es nicht bemerken sollte, eine große Sporttasche aus dem Bus und kaum drei Wochen später boten sie sich erneut als Fahrer an. Ich fragte, wie denn ansonsten ihre Unterstützung für die Kirchgemeinde aussehe, und betonte, dass der nächste Hilfstransport erst in einem Jahr geplant war, es sei denn, die Masse der Spenden erzwinge etwas anderes. Wir einigten uns auf eine regelmäßige Zahlung von fünftausend Euro an die Kirchengemeinde, die ich – wir wollten ja kein großes Ding draus machen – persönlich an mich nehmen würde.

Am nächsten Tag luden sie palettenweise geklaute Drogerieartikel in unseren Gemeindebus.

»Harte Schale, weicher Kern«, wunderte sich mein Ausbildungspfarrer, der bald darauf die Tradition der Motorradgottesdienste begründete, die das Dorfleben bis heute prägen.

Grinsebacke sah man nur noch vor dem Aldi stehen und immer weiter abbauen. So hätte er still und heimlich zugrunde gehen müssen, wenn er mich nicht eines Tages erkannt hätte.

# 7

Als Brückner fort war, trommelte ich den Ausschuss zusammen. Aus Sicht meines Berufsethos' hätte ich ihn sofort abweisen müssen, aber es war klar, dass ich zunächst Rechenschaft ablegte. Die Damen im Ausschuss waren nicht amüsiert. Hätte ich Günther besser getroffen, stünden wir nicht vor solchen Unannehmlichkeiten. Von daher, grummelten sie, hätte ich nur die Suppe auszulöffeln, die ich mir selbst eingebrockt hatte. Aber das ist wohl am Ende in jeder Kirchgemeinde so, dass der Pfarrer die Arbeiten tun muss, die kein anderer machen will.

Zweifel stiegen auf, ob Brückner tatsächlich aus Blödheit den gefährlichsten Mann des Ortes in sein Vertrauen gezogen hatte, oder ob er am Ende etwas ahnte, was für uns beide den Tod bedeutete. Der Ausschuss hätte keine Probleme, einen oder mehrere Sündenböcke über die Klippe springen zu lassen; so gut kannte ich sie schon. Und mein Separee sollte ich mir in der nächsten Zeit aus dem Kopf schlagen. Ich verspürte ohnehin keine Lust, weder auf Eisenach noch auf diesen bestimmten Duft in meinen Klamotten.

Gegen meine Gewohnheit blieb ich noch etwas im Gastraum des Hotels »Zur Lärche« sitzen, in dessen Hinterzimmer der Ausschuss ohne mich weitertagte. Das

Hotel war leer. Um diese Jahreszeit saßen in der Bar nur Einheimische, trübe Tassen, die sich gewürdigt vorkommen, wenn der Pfarrer bei ihnen sitzt, trinkt und sich das müde Länderspiel erklären lässt, als hätte er keine Ahnung von Abseitsregeln. Sie brummelten, dass heute wohl eine Polizeiübung im Wald gewesen sei, dort wo der arme Günther ... Alle hätten Handschuhe und weiße Kittel angehabt und jeden Stein hätten sie umgedreht, bis es ihnen zu kalt geworden war. Mehr sagten sie nicht, denn die unsrigen reklamierten Elfmeter. Meine Gedanken drifteten ab.

Ob ich noch einmal einen Sommer erlebe im Thüringer Wald? Verfickte Scheiße, es gibt Sommertage, die sind so schön, dass der Trachtenchor das ganze Jahr etwas zu besingen hat. Wie dieser Sommertag vor zwei Jahren, als ich in Eisenach unterwegs war; an dem ich mich so frei fühlte, denn Eisenach ist weit genug weg, dass mich niemand erkennt, wenn ich dort über den Markt laufe und mich bei den Frauen nach den Namen ihrer exotischen Früchte erkundige. Der Ausschuss hatte mich ausgesandt, weil der Außendienstler verhindert war, der sonst die Kunden unserer Feuerversicherungen betreute. Man hatte in den letzten Jahren das Geschäft weit über Düsteroda ausgedehnt.

Wie herrlich die Wartburg über der Stadt thronte! Man möchte Junker sein und um ein Fräulein werben. Feine Wassertröpfchen stoben von dem Springbrunnen durch die Luft und linderten die Hitze. Barfüßige kleine Mädchen schöpften Wasser in alte Dosen. Ich leckte ein Zitroneneis und wandte mich gerade von der Auslage eines

Juweliers ab, da traf mich ein Stoß. Sie war mir direkt in die Arme gestolpert. Das Eis zerbrach vor meiner Brust und lief über mein Sakko. Aber mein Herz stockte, als ich sah, auf wen ich im Reflex meine schützende Hand gelegt hatte.

»Ein Burgfräulein«, japste ich.

»Ein Ritter!« Sie lachte trotz des verschmierten Make-ups. »Ich bin mit den Absätzen hängengeblieben«, entschuldigte sie sich.

Ich werde diese Stimme nie vergessen. Sie holte ein Taschentuch aus der Handtasche und begann an meinem Sakko zu reiben, befühlte das silberne Kreuz, das ich am Revers trug fast zärtlich, wie eine alte Erinnerung, aber ich hielt sie davon ab. Ich sah sie an und war mir ganz sicher, dass sie eben noch geweint hatte. Sie schlug die Augen nieder und wollte weiterputzen, während sie sich mit der Linken immer noch an meiner Schulter festhielt. Ich würde sagen, sie roch nach Lilien.

»Darf ich Sie denn noch zu einem Kaffee einladen?«, fragte ich.

»Sie mich?«, stammelte sie. »Wozu?«

»Geh zur Reinigung«, befahl mir eine tiefe Herrenstimme. »Hier. Zwanzig Euro.«

Trotz der Hitze trug ihr Begleiter eine Lederjacke. Er packte sie unter dem Arm und zog sie fort. Sie drehte sich um und lächelte mich an. Ich wusste, dass sie nicht einfach so vom Himmel in meinen Arm geplumpst war. Sie war geschubst worden. Ich sah zu, wie die beiden sich entfernten. Sie versuchte zurückzuschauen, aber der Mann packte ihr Genick. Ich schlenderte weiter, folgte ihnen mit großem Abstand. Es ging Richtung Bahnhof, eine Seitenstraße, ein Hinterhaus mit verhangenen Fenstern. Eine diskrete Tür. Er stieß sie hinein und die Tür fiel zu. *Lilium inter spinas!*

Ja, das war ein schöner Tag gewesen. Wo wir uns finden, wohl unter Linden zur Abendzeit. So umwehte es unsere Ausschusssitzung vom Kurhaus her, damals als sie noch so zufrieden mit mir waren: Ich hatte dem Ausschuss für die Dienstreise nach Eisenach gedankt, beichtete gewisse menschliche Regungen und erhielt die Erlaubnis zu häufigeren Abstechern nach Eisenach im Allgemeinen und ins »Rote Herz« im Speziellen. Aber jetzt saßen sie nebenan und wetzten die Messer und ich hatte schon fast vergessen, wie Jaqueline roch.

Ach, Jaqueline, Jaqueline, warum hast du deine Koffer gepackt? Ruf doch an. Du hättest mich einfach ans Messer liefern können. Warum hast du es nicht getan? War es etwa für dich mehr zwischen uns? Wären wir doch einfach zusammen fort!

***

Dem Gemeindekirchenrat teilte ich per E-Mail mit, demnächst würde das Landeskirchenamt einen Kollegen schicken, bei dem zu prüfen sei, ob er nach seinem Alkoholentzug den Beruf wieder ausüben könne. Ich hätte dazu ein Zimmer im Pfarrhaus zur Verfügung gestellt. Auch der Ausschuss habe dies begrüßt. Als Tante Betty es hörte, drückte sie meine Hand ganz fest.

Ich rief Brückner an und erklärte ihm, er möge sich im Erfurter Kirchenbedarf mit zwei oder drei von diesen scheißklerikalen Collarhemden eindecken, damit man ihm seine neue Rolle abnähme. Scheißklerikal habe ich natürlich nicht gesagt. »Sie wissen schon, Hemden mit so einem Pappkragen an der Kehle.«

Ich nannte ihm seine richtige Hemdengröße. Dazu legte ich eine Auswahl von Kalendersprüchen bereit, die er sich einprägen möge, falls er auf seinen Besuchen im Ort um geistlichen Beistand gebeten würde. Sonntags im Gottesdienst konnte ich ihn der Gemeinde vorstellen. Dort gab ich ihm seine Hausaufgaben und nannte ihm den Mittwoch als Termin zu seinem Dienstantritt. Bis dahin hätten wir im Ort Zeit, seine möglichen Gesprächspartner vorzubereiten. Mittwochmorgens trafen wir uns, damit ich ihn abfragen konnte. Besonders das Vaterunser musste sitzen. Er hatte es mit heiligem Eifer auswendig gelernt, sodass wir an den Betonungen feilen konnten. Es durfte nicht wie ein Gedicht klingen. Die Zuhörer müssen an der Stimme spüren, dass sie dieses Gebet tausendfach gefleht, geschrien, geklagt, gejubelt und gejauchzt hat. Dazu braucht man diesen besonderen Gesichtsausdruck. Es muss aus dem Bauch kommen.

Er sah hilflos aus wie immer. »Sie müssen schauen wie einer, der tief getroffen ist und dennoch seine Gefühle mannhaft unter Kontrolle hält, um anderen Kraft zu geben.« Langsam kam es.

Um elf Uhr wollte ich ihn zur Probe mit auf eine Beerdigung nehmen, eine Besonderheit: Mit Abschied am offenen Sarg vor dem offiziellen Beginn. Er gab mir zu verstehen, nur ungern zwar, für seinen Beruf sei es sicherlich ungewöhnlich, wenn nicht sogar ein echtes Manko, aber er habe ein Problem mit Leichen. Dabei zuckte sein Auge so. Die Dame sei friedlich eingeschlafen, beruhigte ich ihn, kein schmerzlicher Anblick. Ich sagte ihm, er mache das bestimmt prima, eine eventuelle Unsicherheit möge er einfach in die tragenden und hilfreichen Worte des Gebets legen. Die geprägten Worte seien wie ein Geländer auf den krummen Stufen des Lebens.

»Wollen Sie mich überhaupt nicht fragen, wie ich es persönlich mit der Religion halte?«, fragte er.

»Na schön«, gab ich zurück, »wie halten Sie es denn mit der Religion?«

»Ich weiß, es könnte schwierig sein, den anderen etwas vorzuspielen, fromm zu tun …«

»Man gewöhnt sich daran.«

»Nein, nein, missverstehen Sie mich nicht, ich habe schon Respekt.« Er hob die Hände. »Mir fehlt das. Leider. Schon von der Erziehung her. Meine Eltern …«

»Was hat man Ihnen denn vermittelt, was die Kirche sei?«

»Soll ich offen sein?«

»Bitte.«

»Bestenfalls eine Volksverdummung, die älteren Leuten das Geld aus der Tasche zieht mit dem Gerede vom lieben Gott. Schlimmstenfalls eine Art Mafia, die heimlich Strippen zieht, zur Not über Leichen geht und immer Teil der Macht sein will …« Er sah mich entsetzt an, erschrocken über seine eigene Offenheit.

»Vielleicht ist sie das«, antwortete der Teufel in mir. »Aber um das herauszufinden, müssen Sie schon hingehen«, fügte der Engel hinzu. Komisch. Seine Stimme hatte ich lange nicht gehört.

»Guter Punkt«, wehrte sich Brückner. »Nur: Meine Eltern sind Sozialisten. Meine Großeltern waren Kommunisten. Ich bin in einer Zeit zur Polizei gegangen, als alles im Umbruch war. Zur Kirche habe ich nicht gefunden. Was ich über Sie gehört habe, mag übertrieben sein, aber …«

»Aber was?«

»Ich bin eben sicher, dass auch Pfarrer Leichen im Keller haben.«

»Wollen Sie nachschauen?«

»Nein. Danke.«

»Ich zeige sie Ihnen gern.«

»Jetzt seien Sie doch nicht gleich beleidigt.«

»Sie würden es eh nicht aushalten«, meinte ich und klopfte ihm auf die Schulter.

Wir brachen auf und näherten uns dem Friedhof, von dem der Wind uns leise Blasmusik entgegenhauchte. »Meine Heimat ist im Walde«. Ich wusste, dass es ein Problem mit dieser Beerdigung geben würde, als ich einen debilen Aushilfsbestatter aus dem Auto steigen sah; ein pickliges und unrasiertes Jüngelchen, das sich aus Pietät von einem jeden Friedhof besser fernhalten sollte. Gerade bei Erdbestattungen handelte es sich sonst um Chefsache. Ich blickte mich um, doch fand ich den Inhaber des Instituts, Matthias Speyer, nirgends.

Sollte der Kleine etwa die Träger anführen? Jene wenigstens standen hinter der Kapelle und rauchten, wie es sich gehörte. Doch wo war Matthias? Er war Anfang der Woche vormittags dagewesen und hatte sich von Frau

Buchmeyer, unserer Bürokraft, seine Schmuckurne wiedergeben lassen. Seitdem besprach ich im Stundentakt seine Mailbox, dass die Konfirmanden ihre Handys wiederhaben dürften, mit denen sie im Unterricht gespielt hätten und die ich ihnen im Zorn weggenommen hätte. Besoffen wie ich war, konnte ich mich nicht mal entsinnen, ob ich sie ausgeschaltet hatte.

Nun stand Brückner unsicher neben mir und der picklige Leichenhallenkehrer wusste nicht, was er sagen sollte. Verflixte Scheiße, war das seine erste Beerdigung? Angehörige, Nachbarn und Freunde hatten sich freigenommen, schwarz gewandet und Kränze in Auftrag gegeben; vor der Kapelle standen sie sich die Beine in den Bauch und warteten, ob sie hinein dürften. Doch zunächst wollte die Familie alleine Abschied nehmen, erst danach konnten die Dorfheinis reinströmen.

Ich bahnte uns einen Weg. Meistens redeten die Ärzte und die Bestatter den Leuten ein, sie sollten die Mutti so in Erinnerung behalten, wie sie war. Das klang weise, so unheimlich lebenserfahren und sparte zugleich etwas Arbeit. Diese Leute hier hatten leider darauf bestanden, der toten Oma noch einen Blumengruß mitzugeben. Wir stellten uns um den Sarg, die Angehörigen heulten, die Pickelfresse popelte im Ohr, Bruder Brückner und ich schauten ergriffen und doch mannhaft wie König Darius, als er zusah, wie sein Freund Daniel in die Löwengrube flog. Ganz wie geübt. Ich nickte dem Hirni dreimal zu, bis er den verschissenen Sargdeckel öffnete.

Der Junge fing auf der Stelle an zu heulen, während der Tränenfluss der Familie stoppte. Zorn und Entsetzen.

»Es gibt eine Erklärung«, murmelte ich, während mir der Sohn der Verstorbenen an die Kehle fahren wollte.

»Vater unser im Himmel!«, rief Brückner. Das brachte Ruhe. Die anderen falteten nun nach seinem Vorbild die Hände und beruhigten sich durch die alten Worte des heiligen Evangeliums, die er ihnen vorsprach. »... geheiligt werde dein Name ...« Er machte seine Sache gut. Nach Brückners Amen klappte der Bestatter-Azubi zusammen.

Im Sarg lag nicht Oma Marga, sondern der Bestatter, Matthias Speyer. Die, die eben noch als Trauernde gekommen waren, besaßen, durch das Gebet beseelt, die Kraft, sich um den Bengel zu kümmern, der gerade seinen toten Vater gefunden hatte und Rotz und Wasser über den Marmorboden der jüngst generalsanierten Friedhofskapelle vergoss.

# 8

Nun also Matthias. Wir hatten uns in den letzten Jahren bald jede Woche gesehen. Und sein Sohn, das hatte ich erfolgreich verdrängt, war Student der Theologie. Er hieß Mario. Im nächsten Jahr sollte er abschließen und könnte sein Vikariat anfangen. Nur bitte nicht bei mir, dachte ich.

Eine Kugel in der Brust und eine in der Stirn. Offensichtlich hatte er vor seinem Tod den Sarg bestiegen, unfreiwillig, so schien es, und wurde dann darin erschossen, denn unten im Sarg schwappte nur so die Brühe. Nach Art der Ausführung stand zu befürchten, dass es sich um einen echten Könner handelte. Man bräuchte schon ein echtes Händchen für Waffen, wenn die Kugel nicht den Sarg durchschlagen soll, damit dieser keinen roten Strich unter sich malt, wo immer man ihn hinträgt.

Ansonsten kann man ja selbst angefaulte Leichenteile gut im Sarg mitentsorgen, da die Bestatter peinlich darauf achten, dass alles wasserdicht ist. Logisch, es suppt ja durch ihre Anzüge, wenn sie einen Fehler machen.

Meinen ballistischen Überlegungen folgend, tastete ich mit der Hand unter dem Sargboden entlang und fand eine Ausbuchtung in der Höhe der Brust und ein kleines Loch unterhalb des Schädels. Hier war die Kugel glatt durchgezogen. Der Killer hatte das Loch mit einem Batzen Kaugummi verschlossen. Die Oberseite glänzte rot-violett. »Sehen Sie, Brückner«, sagte ich und legte ihm den Kaugummi auf die Hand.

»Gott, was ist das?«

»Der Sargstöpsel. Ein Kaugummi.«

Brückner kroch nun unter den Sarg und besudelte sich wie ein Lehrling in der Autoschlosserei, der zum ersten Mal Öl wechselt. Ich reichte ihm ein Taschentuch, das er zusammenknüllte und in das Sargloch drückte, während ich Matthias' Taschen abtastete. Vier Handys fand ich darin, eines davon rosa mit Hufeisenanhänger aus Plastik. Ich ließ sie in die Abgründe meiner linken Talartasche gleiten, ohne dass Brückner es merkte.

Damit sollte klar sein, dass die Polizei über den Bestatter keine Verbindungslinie nach Düsteroda ziehen konnte. Sie würden Matthias' Familie auf den Kopf stellen, das ganze Bestatterwesen bis nach Arnstadt hinüber, wo ein böser Konkurrent sitzen könnte, und irgendwann würden sie einen unglücklichen Täter präsentieren. Andererseits – ich bat die Trauernden, mich kurz mit Bruder Brückner allein zu lassen, und drängte sie in die Sakristei. Da sie ohnehin schlecht hinschauen konnten, was da geschah – den Senior hatten sie im Vorgespräch zum Glück gar nicht kennengelernt, das machen die Frauen im Büro – wechselten sie dankbar den Raum. Trotz verschlossener Türen wählten wir den Flüsterton.

»Sind wir uns einig, dass dieser Tod mit Düsteroda in Verbindung stehen könnte? Erst Blech und jetzt Speyer, der oft hier zu tun hatte.«

»Schon«, erschrak Brückner über die Leuchtkraft meines Gedankens.

»Denken Sie nach: Der Täter hätte keinen Kaugummi verwendet, wenn er gewusst hätte, dass wir die Leiche entdecken, oder? Wenn jetzt keine Beerdigung stattfindet, weiß er, dass wir sein Geheimnis kennen.«

»Aber was sollen wir tun?«

»Wir bestatten!«

»Das geht nicht. Der Geschädigte muss in die Pathologie, wir können nicht.«

»Der kann immer noch in die Pathologie. Aber der Sarg muss weg. Es muss alles normal aussehen. Verstehen Sie doch!«

Brückner legte den Handrücken an die Stirn und schüttelte den Kopf.

»Auf geht's«, befahl ich. Hinter dem Altar war ein Vorhang, um den Wandschrank zu verbergen.

Sie müssen wissen, dass es in Kirchen und Kapellen immer auch Schmuddelecken gibt. So schön nach außen hin alles ausgeputzt ist, mit Gold und allen Farben des verschissenen Regenbogens. Hinter dem Altar, in der Kammer unter dem Kanzelaltar oder in den Zwischenräumen der nie benutzten Seitenpforten, da findet sich die heilige Versammlung von Besen, Rechen, Sense und Staubsauger ein. Eine weihnachtliche *ecclesiola in ecclesia*, fast das ganze Jahr zugestellt mit dämlichen Krippenspielutensilien. In der Friedhofskapelle herrscht nach der Natur der Sache sogar eine gewisse Ordnung.

Brückner und ich stellten den erstarrten Speyer vorsichtig in den Schrank, klemmten den Körper mit Besen und Schrubbern fest und schlossen die Türe ab. Gernot Brückner, blutverschmiert, übergab sich in den offenen Sarg. Darauf schlich er sich durch die Seitentür, um sich auf der Toilette zu verstecken, bis ich ihm neue Sachen brächte. Ich schloss den Sarg, raffte meinen Talar und ging in die Sakristei.

»Was hat dort so gepoltert?«, fragte der Witwer.

»Ein furchtbares Versehen«, entschuldigte ich mich bei den Angehörigen, die den kollabierten Jüngling ohrfeigten. Aber dessen Ohnmacht saß tief. »Auch im Namen des Instituts bitte ich ganz, ganz herzlich um Verzeihung. Wir haben die versehentlich falsch angelieferte Leiche austauschen lassen. Im Sarg liegt nun Ihre Frau und Mutter.«

»Verzeihen Sie, dass ich vorhin so grob …«, wandte sich der Sohn an mich. Ich zeigte Verständnis im Hinblick auf die emotionale Anspannung in der Abschiedssituation. Gerade Männer neigen zum Zorn, weil sie keinen echten Zugang zu ihren Trauergefühlen finden.

»Am besten Sie behalten Ihre Mutter so in Erinnerung, wie sie war«, riet ich und damit erklärten sich nun alle einverstanden. Unsere Ausschussvorsitzende, Frau Ehring, stattete einen Beileidsbesuch ab und versicherte alle Unterstützung der Gemeinde, wenn das peinliche Vorkommnis im Ort nicht breitgetreten würde.

***

Ja, ich habe noch alle Bilder aus Vaters Arbeitszimmer. Sie stecken in einem Schuhkarton, den meine Mutter zusammengepackt hat, nachdem Vater gestorben war. Ich hatte sie schon jahrelang nicht mehr angesehen. Erst wollte ich sie mit meinem Vater beerdigen. Aber so leicht wird man mit der Geschichte nicht fertig. Aufgehängt habe ich sie aber nie. Sie wären mir vorgekommen wie eine gewaltige Summe, die durch mich ein Minus erhält, falls mich je einer in diese Reihe eingliederte. Ich dachte, wenn man mich einmal aufhängte, dann wahrscheinlich noch wo ganz anders hin und nicht in dem gemütlichen Büro eines Gelehrten. Und ohne Rahmen.

Dass ich lernen musste, meinen Kopf aus der Schlinge zu ziehen, ist auch eine Frucht meines Vikariats im gottverlassenen Saaletal.

Normalerweise lebten Grinsebacke und ich in zwei verschiedenen Welten – Kirche und Rockerclub beziehungsweise später: Kirchgemeinde und Trinkertreff vor dem Aldi. Und den Typen mit der Sturmhaube und dem Jogginganzug, der ihn an den Stuhl gebunden und ihm die Zähne gezogen hatte, suchte Bäckchen eher in seinen Sphären, weil es doch für die meisten zu fantastisch klingt, dass ein Wesen aus einer anderen Welt herniedersteigt, um für Gerechtigkeit zu sorgen.

Nun kommt es dummerweise vor, dass sich zwei Dimensionen verschränken. Das war der Fall auf der Beerdigung seiner Großtante Ilse, die ihm als einzige noch etwas zugesteckt hatte, wenn ihm der Schnaps ausging; er kam, um ihr Andenken zu ehren.

Ich sprach noch darüber, dass seine Ilse eine herzensgute Frau gewesen sei, die sich auch für solche eingesetzt habe, die am Rande der Gesellschaft stünden, da fing er an zu krakeelen. Er würde mich töten, er würde auspacken, er wisse alles. Alle Anwesenden rief er auf, mich zu schnappen und mitsamt meinem Talar in der Saale zu versenken. Zum Glück sind die Leute in so einer Situation nicht darauf gepolt, einem besoffenen, zahnlosen Demagogen zu folgen!

So blieb er der Einzige, der sich auf mich stürzte, ich wich aus, er klammerte sich an meinem Bein fest und walzte die Kränze platt, die auf dem Boden vor der Urne lagen. Die Männer im Ort nutzten den liturgischen Bruch zu handfester Trauerbewältigung, sodass Grinsebacke spätestens jetzt ohne Gebiss dagestanden hätte.

»Selig sind, die arm sind im Geiste«, rettete ich die Situation, als die Männer wieder Platz nahmen, und nicht wenige schmunzelten. Grinsebacke aber war von nun an ein Sicherheitsrisiko.

Ich machte den Fehler, sein ungebührliches Benehmen im Motorradclub anzusprechen. Denn als sie ihn besuchten, war es, als kitzelten sie ihn nur mit ihren Baseballschlägern. Noch als er Blut spuckte, lachte er ihnen ins Gesicht, wie dumm sie seien, sich mit mir einzulassen. Grundsätzlich hatte er nicht Unrecht, aber meine Freunde ließen glücklicherweise nichts auf mich kommen. Sie befahlen ihm, sich von dem Herrn Vikar fernzuhalten, was seine Rachepläne aber nur aufschieben sollte. Machte er eben erst einmal Schluss mit dem aufstrebendsten Motorradclub des Landkreises.

Nur kurz vorher hörte ich von einem Kumpel aus der Stadt, dass ausgerechnet zur Einweihung des neuen Pools auf dem Clubgelände eine Razzia geplant sei. Ich sorgte dafür, dass ich selbst anwesend sein konnte, und als die Bullen anrückten, fanden sie uns beim Bingo mit den Damen von der Frauenhilfe. Die Cops tanzten über das Grundstück und dazu lief das Cembalo-Solo aus den Brandenburgischen Konzerten. Auf Bingo hatten die Bullen keinen Bock, aber wir konnten ihnen sagen, wo ein besonders ekliger Dealer wohnte. In der Tat fanden sie bei Grinsebacke kiloweise Gras unter dem Sofa und als besonderen Höhepunkt einige Soleier, die mit Koks gefüllt waren. Perfide! Die Medien feierten Grinsebacke als den Vollpfosten, der sich selbst verpfiff.

Als meine Ausbildungszeit zu Ende ging, gab ich den Männern in der Gemeinde die Handynummer eines Bekannten aus Halberstadt, der ihnen helfen würde, die Amtsgeschäfte erfolgreich weiterzuführen. Sie versprachen mir hoch und heilig, auch meinen Mentor, den Ausbildungspfarrer, weiter zu unterstützen und schworen tausend Eide, ich hätte noch etwas gut bei ihnen.

»Wir sind bei dir, wie ein Schwarm wilder Bienen«, versprachen Manfred und Lola, seine Braut. »Ohne Rücksicht auf Verluste.«

Das Bienenbild empfand ich als etwas schief und auch unmännlich für die Saale Angels, aber ich wusste das Signal zu schätzen. Ich taufte ihr Töchterchen Deborah und traf mich im Kirchenamt mit dem Personaldezernenten, um ein Gespräch über meine Zukunft zu führen. Aber statt in ein eigenes Gemeindepfarramt, wo ich hätte der Herr über ein kleines Stück Land sein können, ging es direkt in die Justizvollzugsanstalt.

# 9

An seine ersten Fälle erinnert man sich immer am besten. Bei uns Seelsorgern ist das natürlich nicht anders. Auch dem Anfang im Knast wohnte ein besonderer Zauber inne. Da war ein Typ, später nannten sie ihn Fritte, ein von Natur aus ganz feinsinniger und intelligenter Giftmischer, dem man nie alles nachweisen konnte und der doch bald ein erstes Lebenslänglich verbüßt hätte; ein schmales Hemd, einst, mit einer Vorliebe für klassische Musik, aber im Gefängnis wuchsen ihm Muskelberge. Während seine Karriere bis dato auf Hinterhältigkeit gebaut war, lernte er jetzt, seine Niedertracht hinter einer offen zur Schau getragenen Brutalität zu verstecken, von der man meinen musste, dass sie nicht mehr zu übertreffen war.

Mit der Pomade im glatt gekämmten schwarzen Haar und seinem sorgfältig gezwirbelten Schnurrbart hätten ihm die Türen zu allen Varietés der Welt offen gestanden. Indes hatte er nach langen Kämpfen seine Lieblingsrolle gefunden und trat als eine Art Schattendirektor des Gefängnisses auf. Will heißen: Ohne ihn ging im Gefängnis gar nichts.

Er stellte nach mehr als zwei Wochen als Erster und Einziger einen Antrag auf einen Seelsorgebesuch bei mir. Die anderen Gefangenen warteten erst auf seine Erlaubnis, obwohl ich wusste, wie sehr es sie drängte, den neuen Pfarrer auszutesten, ob er sie telefonieren oder kopieren lassen würde in seinem Büro und ob sie dafür stundenlang mit ihm Schach spielen müssten oder wie sie sich sonst zu revanchieren hätten.

Ich sah in den Augen der Wärter, dass sie ihn ebenfalls fürchteten. Sie wiesen mich auf einen Alarmknopf hin, den ich drücken könnte, falls es unangenehm würde. Dann musste ich eine Menge Papiere unterschreiben und bekam meinen Schlüsselbund. Mit der Aktentasche unter dem Arm schloss ich mich Tür um Tür meinem Klienten entgegen. Zuerst zog ich die Türen immer noch ganz behutsam hinter mir zu. Später ließ ich es dröhnen, sodass die Gefangenen den Seelsorger nahen hörten wie ein Gewitter. Die Stimme des HERRN ergeht mit Macht.

Als ich in mein Gesprächszimmer kam, saß er bereits hinter meinem Schreibtisch. Dies widersprach allen Regeln im Gefängnis, aber Eugen – so hieß er damals noch – stocherte sich in den Zähnen herum und setzte sich in Szene, wie ich das von einem bösen Buben erwarten musste: mit Muckis spielend im Feinrippunterhemd.

Wir befreundeten uns schnell. »Himmelskomiker« – so werden die Gefängnispfarrer im Allgemeinen gerufen – wurde ich nur einziges Mal geschimpft. Ja, Eugen Kohlschuetter sorgte für Respekt.

Himmelskomiker ist sonst ein begehrter Job. Wer sich als Pfarrer jahrelang abgehetzt hat, von Hohnsleben nach Doofleben zu fahren, der sehnt sich nach geregelten Arbeitszeiten und durch notwendige Sicherheitsvorkehrungen erzwungenen Freiraum, wenn er immer mal wieder mit Krokodilstränen in den Augen den Gottesdienst abblasen kann. *In der angespannten Situation leider nicht möglich* ... Dass ich als Anfänger den Job bekam, hatte zwei Gründe: Erstens, meinem Vorgänger wurde von den Häftlingen durch eine Blutspritze eine Ladung HIV verpasst, was einen ziemlichen Tumult ausgelöst hat. Und zweitens, und im Rückblick wohl eher entscheidend, lag der Knast im verschissenen Suhl.

Bei mir fielen jedoch selten Gottesdienste aus. Der Direktor lobte mich sogar für meinen Idealismus. Eugen spielte auf dem Harmonium und eignete sich ein Repertoire von Bachchorälen an, das manchen Kantor vor Neid mit Grünspan überziehen würde. Nicht viele Kantoren gibt es, die so auf die Gottesdienste hinfiebern, sich verzehren vor Übungsfleiß, weil sie mehr sein wollen als Orgelnutten, die eben schnell runterspielen, was der Pope an Nummern auf den Zettel schreibt!

Aber Eugen Kohlschuetter, so viel Fairness sollte sein, hatte mehr Zeit als sie; sonntags brachte ich ihm ein neues Notenbuch mit und bis zur nächsten Woche übte er die Stücke und verkaufte den Stoff aus dem Buchrücken. Dafür brauchte ich manchmal sehr lange, um die Kollekte zu zählen. Meist sammelte ich zur Unterstützung von armen Bergbauern in Kolumbien. Es wurde gerne gegeben, wenn der Kantor mit dem Körbchen herumging. Besonders Eugen gab ich zu verstehen, dass ich dieses Geld einem guten Freund abzuliefern hätte, ein echter schwarzer Prediger aus Amerika, der sicher war, dass ich im Leben nicht seinen Dienst für die Ärmsten verraten würde – und unter dessen Schutz ich stünde. Das nur, damit Eugen verstand, dass sein persönlicher Anteil insgesamt nur schmal ausfallen konnte. Ich behielt es ja ebenfalls nicht für mich.

Kurz, es hätte wunderbar sein können, wenn nicht Grinsebacke eines Tages einem Gefangenentransport entstiegen wäre. Gegen die Sonne blinzelnd stand er auf unserem Hof. Ich sah ihn lächeln und es blitzte in seinem Mund. Der Entzug hatte ihm sichtlich gutgetan. Augenscheinlich hatte er sich auch sonst gesundgestoßen in der JVA Tonna, sollte aber bei uns demnächst irgendwann die Möglichkeit zum offenen Vollzug bekommen.

Die JVA Suhl-Goldlauter mit ihrem Spackodirektor war damals bekannt für eine Rehabilitationswut, die in Einzelfällen tatsächlich weltliche Laufbahnen vorbereitete. Er legte das Recht derart generös aus, dass man es kaum glauben mochte, wenn man hörte, dass er im Ehrenamt zweiter Beisitzer im CDU-Landesvorstand war.

In erster Linie dachte der Direktor bei seinen Integrationsmaßnahmen an das Metzgerhandwerk, ausgerechnet, aber er meinte, wo, wenn nicht im Thüringer Wald, sollten Häftlinge die Chance erhalten, eine echte Wurst zu produzieren. Direkt bei der Küche hatte er eine Werkstatt eingerichtet, in der die Knackis lernten, die Kadaver sämtlicher in der Umgebung gealterter Mähren, Kühe und Esel, die es umsonst gab, sowie Schweine, die zugekauft werden mussten, zu Wurst zu verarbeiten. Draußen war Direktörchen der beste Vertreter der Knastprodukte und, wie manche lästerten, auch der beste Kunde.

Grinsebacke kam auf den Strahlen der Morgenröte und brachte ein Gutachten von seiner Psychologin mit, die ihm nur die allergünstigsten Aussichten bescheinigte. Seine Augen und das gemachte Gebiss leuchteten mir direkt in die Fresse und als ich an ihm vorbeiging, zog er die flache Hand an seiner Kehle vorbei; so beiläufig, dass nur ich sein Zeichen lesen konnte.

Bäckchen stellte keinen Antrag auf Seelsorge. Ich nahm ihn nur wahr, wenn ich die Knackis an ihren Arbeitsplätzen besuchte, wobei ich achtgab, ihm nicht zu nahe zu kommen oder alleine mit ihm zu sein.

Am Sonntag erklärte ich der versammelten Gemeinde in meiner Predigt, dass der Respekt vor dem Leben und dem Nächsten zu den obersten Geboten des Zusammenlebens gehörten und selbstverständlich und gerade auch in einer JVA gewahrt bleiben müssten. Zum Respekt und zum Neubeginn gehörte unabweisbar auch ein offener Umgang mit Schuld. Denn jeder müsste sich bessern, unabhängig davon, was er verbrochen hatte. Wer ohne Schuld ist, werfe den ersten Stein. Wenn das Gefängnis eine Chance zu Integration und Neuanfang sein wollte, dann könnte es doch nicht sein, erklärte ich unter dem Beifall des Direktors, dass sich etwa ein Kinderschänder hinter der Maske eines Drogendealers verstecken müsste, weil er sonst seines Lebens hinter Gittern nicht mehr sicher wäre und am Ende in ein anderes Gefängnis verlegt würde unter merkwürdigen Vorwänden … Direktor Gutmüller, der immer häufiger den Gottesdiensten beiwohnte, gab mir die Hand und bedankte sich, auch wenn er den Fall arg konstruiert fand.

Was Grinsebacke anging, hatte ich damit etwas losgetreten, was mir später noch große Sorgen machen sollte, und in meinen schwachen Stunden bedauerte ich es zu sehen, wie er seit jener Predigt weit abgeschlagen den letzten Platz in der Häftlingshierarchie einnahm. Nach einem Arbeitsunfall wurde er nur noch allein zu den Duschen geführt. Ich konnte mir lebhaft vorstellen, wie er Rachegedanken nährte. Grinsebacke, der war die erste große Wolke, die meine Tage in Goldlauter trübte. Dass die Lage später so außer Kontrolle geriet, lag aber an der zweiten Wolke: Eugen lebte weiter seine sadistischen Neigungen aus.

# 10

Kommissar Brückner duschte stundenlang, während ich dem Mario, Matthias' Jungen, auf meinem Sofa Grog einflößte. Je besoffener er wurde, desto mehr Zeit kauften wir uns, was wir nach der verpatzten Beerdigung bitter nötig hatten. Bald fiel der Junge wieder in den Tiefschlaf. Brückner kam aus dem Bad. Es galt sich zu beraten. Sicherlich könnten wir erst einmal rüber ins Institut fahren und seinen Vater schön aufbahren, ganz so wie es der Mordkommission gefiel. Da könnte Mario den Vater nochmals finden und wäre der Meinung, ein Alptraum würde durch den nächsten abgelöst. Und Oma Marga hätten wir längst aus dem Institut genommen und irgendwo in einen Fischteich geworfen. Nur dass wir dann damit rechnen mussten, ebenfalls ein paar Kugeln abzukriegen. Das Manöver mit der Beisetzung des leeren Sarges hatte uns die vermutlich letzte Chance gebracht, in die Offensive zu gehen. Und die mussten wir nutzen. Wenn ich nur den Herrn Polizisten davon überzeugen könnte! Ich blies meinen Pfeifenrauch in die Luft, während ich auf ihn einredete. Schließlich erklärte er sich bereit.

Durch den Garten trugen wir endlich Mario Speyer ins Nachbarhaus zu Tante Betty. Sie stockte etwas, als ich ihr Bruder Brückner vorstellte, weil die Stimme sie an diesen

Polizisten erinnerte. Doch schließlich fühlte sie sein Collarhemd und roch den Duft des Pfarrhauses. Leider war keine Zeit, sich länger bekannt zu machen. Ich erklärte ihr, der junge Mann hätte gerade vom Tod seines Vaters gehört und sich daraufhin mal wieder unheilvoll betrunken. Tante Betty verstand, dass sie ihn sorgfältig ausnüchtern musste – gerade weil ich ja zurzeit einen trockenen Alkoholiker beherbergte – und dass sie selbst dann nicht das Schlafzimmer aufsperren durfte, wenn er zu randalieren begann. Sie sagte, sie könne ebenso gut ein paar Tage auf dem Sofa in der Küche schlafen, denn nach hinten raus höre sie wenigstens nicht den Straßenlärm vor dem Haus, der sie oft nicht zur Ruhe kommen lasse.

Ich wartete noch auf das erste Mal, dass ich in Düsteroda über Straßenlärm klagen müsste. Die gröbste Belästigung war, dass einmal in der Woche ein Junggebliebener auf dem Quad durchbretterte. Da sie aber darauf bestand, dass ich sie zu jedem Gottesdienst weckte, wusste ich, dass Tante Betty für gewöhnlich derart fest schlief, dass man ihr ohne Weiteres einige Rippen herausoperieren könnte.

Brückner folgte mir wieder ins Pfarrhaus, wo ich ihn während einiger Recherchen allein ließ. Es dauerte keine zwanzig Minuten, bis ich wusste, dass ein alleinstehender Herr im Hotel »Zur Lärche« wohnte, der angegeben hatte, wegen eines Trauerfalls nach Düsteroda gereist zu sein. Mir war er am Vortag leider unter der Masse der Leute nicht aufgefallen, obwohl ich ihn später sogar als einen meiner kurzzeitigen Klienten in der JVA Suhl wiedererkannte. Könnte an der geringen Körpergröße gelegen haben.

Ich teilte Brückner mit, eine verängstigte Dame habe meinen seelsorgerlichen Rat gesucht, weil ein gefährlich aussehender kleiner Mann mit Boxernase im Hotel eingecheckt habe. Es hieß, er habe sich auf sein Zimmer zurückgezogen, um etwas zu ruhen. Brückner versank mal wieder in seinem Sakko, sah zu Boden und wollte die Polizei rufen. Es musste hier doch Polizei geben, die sich darum kümmern könnte.

»Klar«, gab ich zurück, »Polizeimeister Engels. Er kommt immer montags von neun bis elf und trinkt einen Tee auf der Stube mit dem Ortsbürgermeister und seiner Frau. Etwas anderes als das Bürgermeisterbüro kennt er von unserem Ort gar nicht. Wir lösen sonst unsere Konflikte auch unbürokratisch hier oben.«

Brückner wand sich, ich machte ihm Mut, dass wir wenigstens, um die aufgeregte Frau zu trösten, einmal nachsehen könnten, um bei dem geringsten Anzeichen von Konflikt das gewünschte SEK zu bestellen. Wenn ich jedes Mal ein SEK hätte, wenn ich mir den Arsch abwischen muss!

»Natürlich rufen wir dann Ihre Kollegen an.«

»Und wenn doch? Wenn es schief geht? Vielleicht entwischt er uns ...?«

»Der Brückner, wird es heißen, der Brückner hat einen Profi verhaftet. Andere hätten ein SEK gerufen, aber der Brückner, der geht da einfach rein ...«

Ich sah, dass mein Apell bei ihm eigentlich auf fruchtbaren Boden fiel, aber er schüttelte nur den Kopf. »Okay, Sie sind Pfarrer, vielleicht lassen Sie mich jetzt auch mal was loswerden ...«

»Nur zu.«

»Ich habe das Schicksal herausgefordert. Ich sollte gar nicht hier sein.«

»Ach?« Wenn sich im Leben immer nur die Menschen begegneten, die zur rechten Zeit am rechten Ort sind, dann wäre ich arbeitslos.

»Wie gesagt. Ich kann keine Toten sehen.«

»Ist mir aufgefallen.«

»Und schon gar keine Gewaltopfer.« Er schnaufte. »Ich habe mich für diesen Einsatz gemeldet, weil ich Angst hatte vor einem anderen und keine Lust hatte, mich in einen dritten einzuarbeiten. Im Wirtschaftsministerium, das darf ich jetzt eigentlich auch nicht sagen, ist in den letzten zwei Jahren das halbe Energiereferat draufgegangen. Angeblich natürliche Todesfälle aber in der Summe verdächtig. Nun prüfen wir, sie alle zu exhumieren. Nur: Bevor die Anträge gestellt werden können, muss sich einer durch die ganzen Akten wühlen.«

»Hm, verstehe. Und davor hatten Sie Angst?«

»Nein.« Er grinste bitter. »Dazu war ich zu faul. Das heißt nein, auch nicht faul. Hören Sie, seit Jahren mache ich die Aktenarbeit. Es stand mir bis hier. Wir hatten Besprechung, die Aufgaben wurden verteilt, und als der Leitende zuerst die Sache mit dem Ministerium erwähnte, da sah ich schon, wie sie alle zu mir rüberschielten und feixten. Diesmal nicht, dachte ich mir. Sucht euch einen anderen.«

»Wie ging es weiter?«

»Dann kam ein zweiter Fall. Ich bekam Angst vor der eigenen Courage. Wir hatten einen Mordversuch in einem

Bordell in Eisenach. Äußerst brutal. Opfer noch nicht vernehmungsfähig.«

Meine Stimme überschlug sich fast. »Was heißt Mordversuch?« Mein Herz klopfte bis zum Hals.

»Jetzt verstehen Sie mich«, antwortete er. »Eine äußerst gefährliche Szene. Ich bin da überhaupt mehr so reingerutscht in diese Sache mit der Todesfallermittlung. Ursprünglich dachte ich, ich hätte dann mehr Chancen bei den Frauen …«

Du verstehst mich nicht, Bullenschwein, sag mir, was mit Jaqueline ist! So wollte ich schreien, blieb aber mit meiner Körperhaltung und meiner Stimme ganz der zugewandte Seelsorger, der seine innere Situation und die Sorge um den Klienten zu einer ganz authentischen systemischen Intervention verband. »Statt einfach Ihre Anzüge eine Nummer kleiner zu kaufen und sich die Glatze vernünftig zu rasieren, gehen Sie zur Mordkommission? Na, Halleluja.«

Er hatte Tränen in den Augen.

»Wie halten Sie es dort aus?«, fragte ich.

»In der Regel habe ich immer den Finger gehoben, wenn es um die Büroarbeit ging.«

»Sexy.«

»Wie bitte?«

»Gibt Aufregenderes, meine ich.«

Brückner goss sich von dem übriggebliebenen Grog ein. – Zimmerwarme Plörre. »Die Sheriffs haben das dankbar angenommen.«

»Gideon war der Jüngste und kam aus dem unbedeutendsten Stamm. Und er schlug die Midianiter mit der

Schärfe des Schwertes, weil er die Verantwortung übernahm, als sie ihm zufiel.«

»Wo ist das her?«

»Kennen Sie die Bibel?« Da er den Kopf schüttelte, erzählte ich ihm von Mose, dem Stotterer, Josua, dem Schüchternen, Jeremia, dem zu Jungen, und allen anderen, die sich erst weigerten, ihrer Berufung zu gehorchen, bis der HERR ihnen Kraft gab. Brückner richtete sich darüber auf. »Genug gebeichtet. Wir haben zu tun«, sagte ich schließlich. »Es gibt hinterher was zu trinken.« Ich nahm ihm den Becher aus der Hand. Er stand aus seinem Sessel auf. In mir arbeitete es. »Sagen Sie, dieses Bordell in Eisenach, worum handelt es sich da?«

»Kennen Sie sich dort aus?«

»Nein, nein«, sagte ich schnell, unsicher, ob er mich aus den Augenwinkeln nicht weiter fixierte.

Die Rezeptionistin winkte bloß. Beeilt euch, schaut mal nach. Sie hielt Brückner die Anmeldung des Fremden entgegen. Mustermann. Wie einfallsreich. Brückner schaute, als ob ihm schon wieder übel würde. Aber vor der schönen Dame galt es Haltung zu bewahren. Man hätte ihr die verängstigte Puppe leicht abnehmen können, wenn man nicht gewusst hätte, dass Sie die Tochter von Edelgard Franz war, die in Düsteroda jeder als anpackende Frau kannte, die sich über das normale Maß hinaus ehrenamtlich in verschiedenen kirchlichen Ausschüssen engagierte.

Durch die Gaststube führte ich Brückner den langen Flur entlang an dem Fahrstuhl vorbei bis ganz durch zur

Feuertreppe. Ich fragte mich, ob ihm der Muff des unbewohnten Hotels entgehen konnte. Wir stiegen bedächtig die Stufen hinauf. Obwohl es ohne richtige Waffe – ich wusste natürlich, wie ich mich wehren könnte – nicht so ohne war, was wir taten, hingen meine Gedanken bei Jaqueline.

»Ich möchte mal wissen, warum die Kollegen vom LKA es nicht hingekriegt haben, mir hier eines der Zimmer zu buchen«, fragte Brücker.

»Tja, wenn man nicht alles selber macht.«

Das Zimmer des Fremden lag im zweiten Stock. Brückner trat vor, ich blieb noch im toten Winkel. Als Brückner zögerte, klopfte ich mit ausgestrecktem Arm an die Tür. Drinnen rappelte es.

»Wer?«

»Zimmerservice«, rief ich und Brückner sah mich verstört an, als ob ich besser hätte »Polizei!« rufen sollen. Die Scheißtür öffnete sich etwas zu langsam.

»Herr Mustermann, es ist uns da eine kleine Unregelmäßigkeit aufgefallen mit Ihrer Anmeldung.«

»Ich wüsste nicht …«, sächselte es.

»Musterstadt – liegt das nicht schon in Österreich?«

# 11

Da legte sich eine Hand um den Ärmel des Kommissars und zog ihn ins Zimmer. Dort stand er jetzt an der Wand in dem engen Flur vor der kleinen Nasszelle und musste sich ein Messer an die Kehle halten lassen von einem erzgebirgischen Zwerg mit kantigem Schädel. Ich sah es durch den Spalt. Herr Zwerg schielte nach oben, Brückner schielte nach unten und traute sich nicht zu schlucken.

»Woher kommst du? Wer hat dich geschickt?«

»Ich weiß nicht«, brachte Brückner heraus.

Blöde Antwort.

Ich fand den Feuerlöscher in dem kleinen Tabernakel an der gegenüberliegenden Wand mit drei Kilogramm $CO_2$. Schreiend ließ ich den Feuerlöscher losfauchen, sprang in den Flur seines Zimmers, wo der Zwerg zurückwich, und ich konnte meinen Freund und Helfer wieder nach draußen ziehen.

Der Zwerg sah erschüttert an sich herab. Raureif überzog sein Holzfällerhemd durch die Eiseskälte, mit der der Strahl des Löschers ihn getroffen hatte. Außerdem japste er nach Luft. Auf dem Gang zog ich die Tür halb hinter mir zu, während ich das restliche Kohlendioxid in sein Zimmer feuerte. Als der Feuerlöscher röchelte, zog ich ihn zurück und hielt den Türgriff fest. In der Tat klappte die Tür mehrmals leicht nach innen, weil der Zwerg sie aufziehen wollte.

»Was tun Sie?«, stammelte Brückner.

»Es hört gleich auf«, beruhigte ich ihn. Im Zimmer rumpelte es, als sich der Zwerg zur Ruhe legte.

»Das ist gefährlich«, fasste sich Brückner, »zu viel $CO_2$ in einem kleinen Raum kann verheerende Schäden hervorrufen, wenn nicht sogar töten!«

»Das ist doch ein kräftiger Kerl. Sicher schläft er nur. Im Übrigen, ich habe lediglich versucht, Ihnen zu helfen.«

Brückner rannte durch den Flur und öffnete die Fenster. Er holte tief Luft, hielt den Atem an, stürmte in das Zimmer des verfickten Zwerges und öffnete auch da die Fenster. Man musste achtgeben, nicht über den Winzling zu stolpern, der mit verrenkten Gesichtszügen an die Decke starrte, den Bauch immer noch voll Eis. Den Löscher stellte ich neben ihm ab.

»Es ist wohl zu spät.« Brückner ließ die Schultern hängen. »Und ich habe Ihnen zu danken. Sie haben die Nerven behalten. Und ich sage selbstverständlich für Sie aus.«

Ich blickte mich im Zimmer um. Das Messer lag auf dem Nachttischchen. Die Klinge steckte fest gegründet im Schaft. Damit hätte er Brückner locker schächten können. Aber so etwas wollen wir ja im lutherischen Kernland nicht. Brückner legte sich auf das Bett und hielt sich den Magen. Da traf mich ein Schlag, der mich in die Knie gehen ließ.

»Du Bastard! Du verfluchter Himmelskomiker! Du findest das wohl lustig.«

Ehe ich mich versah, saß der Zwerg auf mir, hielt mit den Knien meine Arme unter Kontrolle und hob den leeren Feuerlöscher hoch. Leicht war die Absicht zu erkennen, mir damit das Gesicht zu zerschmettern. Mein Kopf stach und schmerzte, sodass ich ihm noch keine Antwort geben konnte. Aber er sollte wissen, dass ich nicht als »Himmelskomiker« angesprochen werden wollte.

»Brückner«, flüsterte ich, »sind Sie noch da?«

Brückner saß jetzt am Kopfende des Bettes und hatte die Füße angezogen, wie eine Fünfzehnjährige mit Liebeskummer.

»Brückner?«, fragte der Zwerg. »Ist das dein Kollege? Teilt ihr euch dieses Revier?«

»Der Herr ist ein Polizist.«

»Ein Polizist. Wie vornehm. Warum sagst du nicht einfach Bulle? Auf welcher Seite stehst du, Pistorius? Pissfresse! Ich weiß mehr von dir, als du denkst. Und ich kenne noch mehr Leute, die sich dafür interessieren werden.«

Brückner schlotterte. Der Zwerg herrschte ihn an. »Noch eine Bewegung und ich zermatschte ihm die Fresse!«

Brückner schaukelte hin und her. Ich dachte nur an das Messer, und ob er es schon an sich gebracht hatte, und ich hoffte, er würde es ihm nicht aushändigen. Zwerg Siegfried blaffte gerne und bellte laut, aber ein Tritt von Brückner in seine Rippen könnte die Haltlosigkeit seiner Drohungen schnell ans Licht bringen. Was ich gehört hatte, lag seine Fähigkeit im Umgang mit Schusswaffen und weniger in der direkten Auseinandersetzung. Im Knast saß er wegen Zuhälterei, nachdem seine eigenen Mädchen ihn krankenhausreif geschlagen und auf der Polizeiwache abgegeben hatten. Habe ich schon erzählt, dass ich Zuhälter hasse?

Also Brückner, wenn du den nicht kriegst, dann keinen.

»Oder, wie wäre es, Himmelskomiker, ich schlage dir zuerst alle Zähne aus und bringe sie einem Freund. Weißt du, dem ist mal etwas ganz Ähnliches passiert. Er wäre sehr froh, nicht alleine mit seinem Schicksal zu sein, als junger Mann schon keine Zähne mehr zu haben. Und dabei hätte er es noch gut, denn du, du wärst tot. Hör dir das ruhig mit an, Bulle!«

Wie gut man es als einfacher Pfarrer im Thüringer Wald normalerweise hat, das merkt man immer wieder, wenn ein mordlustiger Zwerg einen anhaucht und seine Atemwinde die Tröpfchen von den Gipfeln der gelben Zähne mitnehmen. Es war so eklig, dass ich erst überhörte, wie er die Geister meiner Vergangenheit beschwor. »Ich weiß nicht, wovon Sie reden«, brachte ich heraus, aber der Zwerg krächzte nur sein kehliges Zwergenlachen.

»Bete, lieber Himmelskomiker, bete«, ermahnte mich der fromme Erzgebirgler, »hier helfen keine Ausreden, hier hilft nur Gebet.«

Und damit hob er den Feuerlöscher weit über seinen Kopf, so hoch wie er eben seine Zwergenarme brachte. Ich wackelte mit den Armen unter seinen Knien, aber das verzögerte nur den unvermeidlichen Schlag. Nichts ahnend aber hatte er Brückner sein Stichwort gegeben, im wahrsten Sinne des Wortes. Endlich hörte ich einen Kampfschrei, wie er des Gideons und seiner dreihundert Mann würdig gewesen wäre.

»Vater unser im Himmel!«, schrie Brückner; er packte das Messer und sprang dem Killer auf den Rücken. Der zuckte unter der Wucht von Brückners Stichen und erbrach mir eine Ladung Blut ins Gesicht, bevor er starb.

Brückner und ich setzten uns aufs Bett und betrachteten das ruinierte Hotelzimmer. Brückner stand auf und fühlte seinem Opfer den Puls. Man könnte ebenso gut bei einem Mett-Igel nach dem Puls suchen.

»Das war Notwehr.« Er schaute mich groß an. »Sie können es bestätigen. Und wir sind quitt. Ich habe Ihnen das Leben gerettet. Sie mir, ich Ihnen.«

Zögernd erhob ich mich. »Ich kenne mich juristisch nicht so aus. Aber vier Dutzend Messerstiche in den Rücken! Notwehr?«

Gernot Brückner erbleichte.

Ich stellte mich ans Fenster und schaute zum Waldesrand, Brückner ohrfeigte sich und rannte hin und her. Es brauchte eine Weile, bis er zu sich kam. »Wie verfahren wir denn jetzt?«

Ich verstand die Frage nicht.

»Wir müssen den Teppich sauber kriegen – da weiß ich, wie man es am besten macht. Sozusagen von der anderen Seite her, aber was wird mit der Leiche?« Endlich kam mal etwas Nützliches von ihm. Das Adrenalin puckerte ihm durch seine Scheißarterien.

»Versuchen Sie gerade, einen Pfarrer davon zu überzeugen, eine Leiche verschwinden zu lassen?«

»Nein, nein. Aber erinnere ich mich richtig: Sie haben heute Mittag eine Leiche in den Wandschrank der Friedhofskapelle geschlossen.«

»Das war aus seelsorgerlichen Gründen.«

»Liegen die jetzt etwa nicht mehr vor? Denken Sie mal nach!«

»Was soll das heißen, denken Sie mal nach?«

»Entschuldigung, ich hoffte nur, Sie hätten Verständnis für meine Situation.«

»Hält sich in Grenzen. Sie haben verhindert, dass ich ein Märtyrer werde.«

Brückner heulte. »Das gibt Knast, das gibt Knast, das gibt Knast. Und die Karriere ist vorbei. Meine Kinder! Oh, Sie wissen nicht, wie es Polizisten im Knast ergeht!«

Klar wusste ich das. Etwa in der Liga mit denen, die sich an kleinen Mädchen vergreifen. Unterster Platz in der Hackordnung. Ich legte ihm die Hand auf den Unterarm, hob ihm freundlich die Augenbrauen und nickte ein wenig. Im Geist spielte ich längst die Möglichkeiten durch, das tote Arschloch zu entsorgen. Besser aber ich brächte ihn selbst auf eine Lösung. Kriminell-poimenische Hebammenkunst.

»Können wir ihn nicht im Wald vergraben?«, fragte er.

»Es gab Frost in den letzten Nächten. Das wäre Schwerstarbeit.«

»Haben Sie nicht einen kühlen Keller, wo man ihn zwischenlagern könnte, bis es besser ist?«

»Denken Sie nicht im Traum daran!«

Er nickte langsam und sah mich aus den Augenwinkeln an. »In zwei Tagen haben Sie wieder eine Trauerfeier. Können wir ihn nicht mit in den Sarg legen?«

»Diesmal geht der Sarg ins Krematorium und dort findet erst noch eine Leichenschau statt. Zu viele Zeugen.«

Er überlegte noch, Speyer und den Killer nebeneinander zu drapieren, aber ich fand es unglaubwürdig, dass jemand mit einer Kugel im Kopf noch einem anderen vier Dutzend Stiche in den Rücken versetzte. Endlich kam er auf die Idee mit den Füchsen und den Wildschweinen.

»Könnte gehen«, meinte ich und wir brachen auf, um eine Säge, Müllsäcke und Taschen zu holen, die Brückner über den Hintereingang in die »Lärche« schmuggeln wollte. Als Ganzes würde es erstens zu lange dauern, bis die Tiere ihn gefressen hätten, und zweitens wäre bei einem eventuellen Fund nur eines Teiles die Identifikation fast unmöglich.

»Richtig«, strahlte Brückner. Über den Hotelapparat verlängerte er das Zimmer für noch drei Tage und bestellte den Zimmerservice ab. Brückner konnte sächseln wie der Zwerg. Im Badezimmer stellte er sich ebenfalls gar nicht einmal so ungeschickt an. Ich parkte meinen Volvo am Hintereingang, als es langsam dämmerte, und gemeinsam holten wir vier Sporttaschen voll Killer aus dem Hotel und fuhren in den Forst. Wir hatten gerade die Schranke am Waldesrand passiert, da winkte uns ein Förster und stellte sich in den Weg. Brückner entsetzte sich.

»Jetzt werden wir angehalten.«

Gernot Brückner holte ein Messer heraus. »Vater unser im Himmel …«

# 12

»Sie wollen doch den Förster nicht auch noch …?«, fragte ich und hielt den Volvo an. Ich ließ das Fenster herunter.

»Ach, Herr Pfarrer, Sie sind's. Sie wissen doch, dass nicht mal der Himmel die Abkürzung nach Tannloch durch den Wald nehmen darf. Das kostet!«

»Aber, Herr Bünting, ich muss doch noch den Kirchwald besehen. Heute bekam ich Nachricht, da stimme etwas nicht mit einer schönen Buche.«

»Dann aber schnell, sonst sehen Sie gar nichts mehr. Und ich denke dann, Sie wollten doch nach Tannloch.«

»Danke sehr, Herr Oberförster. Ich für meinen Teil denke, wir sehen uns Sonntag mal wieder? Ist schon wieder etwas her bei Ihnen, was? Zehn Uhr dreißig zum Gottesdienst?«

»Bestimmt«, sagte der Förster schnell, zog sich den Hut ins Gesicht und verschwand.

»Sie müssen nicht alles mit Gewalt lösen«, sagte ich zu Brückner.

Kirchenwald? Ja, ja, die Gemeinde besaß fast neunzig Hektar. Einen Teil haben wir noch aus des alten Herzogs Zeiten, aber manches konnten wir auch in den letzten Jahren bei guten Gelegenheiten zukaufen. Zusätzlich gab es noch ein paar Hektar, die der Ausschuss für Kirchendekoration in einer Stiftung geparkt hatte.

Wald ist besonders dann ein unterschätztes Investment, wenn man regelmäßig mehr Holz verkaufen kann, als man überhaupt schlägt.

Unsere Einnahmen sprudelten, obwohl wir kaum etwas schlugen. Dafür hatte uns die Ministerpräsidentin im Zusammenspiel mit dem Bischof im letzten Jahr sogar mit einer Scheißökoplakette für Nachhaltigkeit ausgezeichnet. Sie sehen, in der Kirche waschen wir nicht nur Geld, sondern durchaus auch Gewissen, was ja manche für unser Kerngeschäft halten.

Wir strichen durch den Forst wie ein verkacktes Ehepaar. So schön wie der Thüringer Wald ist wohl kein anderer auf dieser Welt. Bei jedem Knacken hinter uns zuckte Brückner zusammen und hätte wohl am liebsten meine Hand genommen. »Ob Sie es mir jetzt glauben oder nicht«, sagte Brückner, »das mit dem Beten hilft tatsächlich.«

»Nein!«, erwiderte ich, halb fragend, halb im Widerspruch.

»Doch, doch, ich versuche keineswegs, Sie zu veralbern. Sie haben da wirklich eine Tür für mich aufgetan, von der ich nichts geahnt habe. Haben Sie noch mehr so Gebete?«

Ich versprach ihm, daheim den dreiundzwanzigsten Psalm auszudrucken. Überhaupt, der Psalter. Brückner dankte für jeden Hinweis. Stück für Stück verstreuten wir den Zwerg hinter den sieben Bergen. Die Gelegenheit, bei Brückner mal wieder unauffällig nach Schneewittchen zu bohren. »Eines will mir nicht aus dem Sinn – wenn die in der Lage sind, mordend durch Düsteroda zu ziehen, wer beschützt dann die Frau aus Eisenach, die man versuchte zu töten?«

»Bisher gehen die Kollegen da eher von einer Beziehungstat aus.«

»Beziehungstat bei einer Hure?«

»Es kommt immer wieder vor, dass sich Freier verlieben. Sie erleben die Zuwendung einer Prostituierten als echt und entwickeln Eifersucht.«

»Was heißt, erleben als ...?«, stotterte ich. »Solche Frauen haben sicher auch Gefühle?«

»Aber die zeigen sie meist anders als die Gefühle, die sie für Geld zeigen. Sie drücken sich zum Beispiel eine Kippe auf der Haut aus: Will er mich noch oder nicht, wenn ich hässlich bin?«

»Man bleibt wohl nicht ganz normal in dem Geschäft«, sinnierte ich.

»Ganz sicher nicht«, verkündete Brückner. »Die reinsten Borderliner. Wie kommen Sie darauf, dass die Fälle zusammenhängen könnten?«

Auf die Gegenfrage war ich nicht eingestellt. »Es hängt doch manchmal mehr miteinander zusammen, als man denkt. Vielleicht hängt alles zusammen. Und dann sollte man doch auf Nummer sicher gehen. Wie viele professionelle Killer haben wir denn in Thüringen?«

»Irgendein Indiz werden die in Erfurt aber haben wollen. Bis dahin scheint es ein wenig weit hergeholt. Ich mache mich doch lächerlich.«

»Eigentlich ist es vertraulich. Aber der Herr Blech ... Ich sage besser nichts.«

»Sie meinen«, Brückner drückte sich absichtlich geschwollen aus, »er suchte Abwechslung von seinem Ehebett?«

»Ich habe gar nichts gesagt. Ich denke nur an die Frau, die Verletzte. Man macht sich halt seine Gedanken.«

»Was ich gehört habe, wird sie die nächsten Wochen noch im Krankenhaus zubringen.«

»In Eisenach?«

»Wenn Ihnen daran liegt, kann ich mich erkundigen.«

Ich seufzte dankbar. »Ich für meinen Teil habe mich im Übrigen mal weiter umgehört. Wegen Günther Blech.«

Brückner spitzte die Ohren. Wir näherten uns jetzt wieder meinem Volvo. Das Licht unserer Taschenlampen sprang nervös von einem Fichtenstamm zum andern.

»Es heißt, er habe kurz vor seinem Tod die Idee gehabt, ein Gartengrundstück der Familie zu verkaufen. Ich weiß natürlich nicht, ob es etwas damit zu tun haben könnte, aber aus dem Ort kam niemand als Käufer in Frage.«

»Nein, nein, es klingt schon interessant.«

»Nur damit Sie auch etwas haben, wenn Sie wieder nach Erfurt zu einer Ihrer Besprechungen fahren.«

»Das klingt tatsächlich nicht schlecht. Folge immer der Spur des Geldes, heißt es.«

Brückner fuhr tatsächlich seiner Wege, Anregungen genug hatte er ja erhalten, während ich den Donnerstag mit Grübeleien zubrachte. Ich drückte mich in meinem Bürosessel nach hinten und legte die Beine auf den Schreibtisch. Es war mein schwerster Fall. Ich krümelte ein paar Brösel guten Schwarzen mit in meine Pfeife, mehr des Geruchs wegen, als um high zu werden. Der PC streamte eine Doku über wilde Schimpansen: »Nach seiner Verwundung fällt das bis daher dominierende Männchen auf den untersten Platz in der Rangordnung zurück. Nun kann sogar der bisher schwächste Primat, selbst wenn er körperlich noch immer unterlegen ist, über ihn bestimmen. Eine Art Depression lähmt das ehemalige Alphatier und lässt es zum willfährigen Diener werden.«

Vom Bigboss zum Fußabtreter. Ach, denkt man sich, wenn das doch mal anders geworden wäre bei uns über die Jahrmillionen! Wenn Seelsorger aus dem Nähkästchen plauderten …

Ich schreckte auf, als ein Stockhieb meinen Schädel traf. Adelheid Ehring stand hinter mir und traktierte mich mit ihrem beschissenen Nordic-Walking-Stecken.

»Sie kommen selbst? Welche Ehre«, stammelte ich, als sie sich meinen Rippen widmete. »Ich glaube, ich bin jetzt wach.«

Frau Ehring wohnte oben in einer rekonstruierten Villa am Wald, die sie sich als pensionierte Lehrerin verdient hatte. Früher einmal gab sie Russisch und Staatsbürgerkunde, nach der Wende Englisch und Religion. Sie war der Grund dafür, warum die Menschen hierzulande ein merkwürdiges Englisch sprachen und so gut wie kein Russisch. Ja, und vom Staat wie von der Kirche verstehen sie vor allem, dass es wichtig ist, dazuzugehören und tiefgründige Fragen in der Regel nicht erwünscht sind. Obwohl Frau Ehring selbst zeitweise aus der Kirche ausgetreten war, engagierte sie sich doch schon seit vielen Jahren im Ausschuss für Kirchenschmuck und führte seit ihrer Pensionierung die Geschäfte.

»Ich hatte das Gefühl, ich müsste unserem Herrn Pfarrer mal wieder die Leviten lesen.«

»Aber züchtigen Sie mich mit Maßen. Ich bitte Sie.«

Adelheid zog verächtlich einen Mundwinkel nach oben. »Sie verkiffter, friedensliedklampfender Hippie! Im Übrigen wollte ich mal den Schaden in Ihrem Büro besichtigen.«

Warum setzte sie sich nicht?

»Herr Pfarrer, Sie waren bekannt dafür, die Dinge diskret zu lösen. Darum wollten wir Sie einst haben. In diesen Tagen sind wir jetzt etwas traurig. Erst versagen Sie bei Blech, dann rücken Killerkommandos in unseren Luftkurort ein und die Polizei hat sich im Pfarrhaus eingenistet.«

»Sie selbst haben das so gewollt.«

»Papperlapapp!«

Ich duckte mich unter einem weiteren Hieb weg.

»Die Mutter von Marieke Schmidt hat sich bei mir beschwert. Sie hätten ihrer Tochter das Handy weggenommen.«

»Seit wann dürfen Konfirmanden im Unterricht mit Handys spielen? Aber das sehen diese Zugezogenen nicht ein, vor allem die Familie von Marieke Schmidt. Die Mutter ist eine Wuchtbrumme, die nicht weiß, was sich hier im Ort gehört.«

»Gut, das ist ein Punkt für Sie. Aber Sie geben es trotzdem zurück. Sie wissen doch, dass sich heutzutage kaum einer traut, seine Kinder ohne Telefon auf die Straße zu lassen. Der Verkehr hat seit der Wende unerfreuliche Ausmaße angenommen.«

»… und in den Wald lassen sie die Kinder schon gar nicht mehr«, ergänzte ich und stimmte sie auf das Lied vom Kulturverfall ein, nachdem es frühere Generationen eindeutig besser hatten.

Adelheid Ehring milderte sich. »Was haben wir uns früher Buden gebaut und Kräuter gesucht. Wir haben Maikäfer gesammelt und getauscht. Die Kinder heute dagegen, die werden vom Fernseher erzogen und sie tauschen Klingeltöne.« Sie gab mir zu verstehen, dass der Ausschuss trotz allem gewillt sei, weiter mit mir zusammenzuarbeiten. »Eine Vakanz wollen wir uns im Moment nicht leisten.«

Ich malte mir sofort aus, auf welche Weise so eine Vakanz geschaffen werden könnte. Gutes Personal wächst nicht auf den Bäumen. Weshalb sollte ich also an ihrem Wort zweifeln? Sie hätte sich nicht herbemühen müssen. Nur was hieß »im Moment«?

»Es sei denn«, fügte sie hinzu, »es sei denn, diese Nutte taucht hier noch einmal auf.«

Weiß der Teufel, woher sie das schon wieder wusste. Jetzt waren ihre Lippen wieder ganz schmal und die großflächig umschminkten Augen verzogen sich zu Schlitzen.

»Sie meinen doch nicht unsere Trauersängerin?«

»Spielen Sie nicht den Naivling. Wir haben durchaus Ohren in Eisenach. Und falls sich das Flittchen wieder berappelt, werden wir sie wohl finden und ausschalten müssen. Verstehen Sie mich, Herr Pfarrer?«

»Ja. Ich denke, ich weiß, was Sie meinen.«

»Und wissen Sie auch, wessen Aufgabe das sein wird? Der neuerliche kleine Unfall?«

Ich schaute wohl schockierter aus der Wäsche, als sie erwartet hatte.

»Betrachten Sie es als Wiedergutmachung, für das Chaos, das Sie hier angerichtet haben. Denken Sie darüber nach, wenn Sie Ihr Büro ausräumen. Übermorgen kommt Meister Gerhard und bringt seine Utensilien.«

Damit empfahl sie sich. Sollte nun doch die Zeit kommen, um für Jaqueline Trauer zu tragen? Sie oder ich, eine klare Ansage.

# 13

Meister Gerhard, von allen Eckie gerufen, gehörte zu den Leuten, auf die sich der Ausschuss immer blind würde verlassen können. Ein ergrauter Schnauzbartträger, der half, wenn er gerufen wurde, und auch seine Jungs mitbrachte. Aber das ließ sich im Ort von vielen sagen. Nur schade, dass wir keinen guten Draht zu einem der Fleischer hatten, sonst hätte ich es vermutlich noch leichter gehabt mit dem verfluchten Keller. Ansonsten brachte Düsteroda alles mit, um mich schnell heimisch werden zu lassen.

Von meinem ursprünglichen Wirkungsort an der Saale in den Thüringer Wald nach Düsteroda dauerte es eine knappe Stunde. Das war schon mal besser als Suhl. Aber mehr noch, Düsteroda war generell ein Ort, in dem man sich noch half. Ehre und Anstand hatten einen guten Klang. Wenn auch Außenstehende und Zugezogene nicht viel über solche Themen zu hören bekamen. Diese alten Werte waren der Schlüssel für das gesamte soziale Leben. Ach ja, und natürlich, dass man gegenüber Außenstehenden die Schnauze hielt. Über alles und speziell über die lokalen Besonderheiten.

Jene Außenstehenden hatten oft den Eindruck, die Einwohner dieses lieblichen Dörfleins seien wetterwendische

Gesellen, die sich in der Vergangenheit das Mäntelchen einer jeglichen Diktatur oder Ideologie bereitwillig umgehängt hätten. Wer so denkt, begeht den typischen Fehlschluss, vom äußeren auf den inneren Menschen zu schließen.

General der Waffen-SS Alwin Backenheim fiel in den letzten Kriegstagen aufgrund genau dieses Missverständnisses, und zwar fiel er ziemlich unsanft. Ein vermeidbares Unglück, wo er eigentlich vorhatte, den Ort zu verteidigen. Oder noch genauer: das, was er sich hier zur Seite geschafft hatte.

Wie war es dazu gekommen?

Zum Kriegsende hatte ein Konvoi aus Richtung Weimar hier Station gemacht; Buchenwald, erzählten die Leute. Die SS, die den Transport begleitete, suchte beinahe verzweifelt nach einem geeigneten Versteck, um Gold in Form von kleinen Barren oder als Zahngold sowie eine Reihe von Kunstgegenständen bis zum Endsieg provisorisch unterzustellen. Sie hinterließen dabei einen recht hektischen Eindruck.

Überall aus den Bergdörfern hörte man in jenen Tagen von heldenmütigem Widerstand und dass hier noch gekämpft würde, wo die Orte in der Fläche, Gotha, Ohrdruf, Arnstadt längst genommen seien. In den Nestern sammelten sich versprengte Soldaten, hundertprozentige Nazis aus dem Flachland, halbwüchsige Hitlerfans; und aus den Lazaretten krochen gerade Genesene. Die stellte man den Volkssturmleuten zur Seite, um für die Dörfer im Thüringer Wald Panzersperren zu errichten, während sich die Frauen und die vielen landverschickten Kinder tagsüber in den Wäldern versteckten. Gott sei Dank schien die Sonne im Frühjahr 1945.

In Wahrheit hatten die Amis in der Ebene des Thüringer Beckens die Panzer rollen lassen, um im Wettlauf mit dem Iwan einige Kilometer gutzumachen. Wen interessierten so ein paar unbeugsame Spinner zur Rechten, deren Nester man getrost später ausheben könnte? Jedenfalls, die SS-Trottel glaubten ihrer eigenen Propaganda und sagten sich, etwas Besseres als der Tod fände sich auch in Düsteroda. *Errare humanum est.*

Schwitzend hatten die Männer Kisten von den beiden Opel Blitz geladen, die als solche schon eine Attraktion darstellten. Anschließend parkten sie die beiden Lkws im Wald Richtung Rennsteig, wo sie nicht die Beute von Tieffliegern werden konnten. Dafür wurden sie die Beute des Düsterodaer Hufschmiedes Ernie Sauer, der sich während der ganzen verschissenen DDR-Zeit als Fuhrunternehmer verdingte. Überhaupt, in welchem Kaff gab es zu DDR-Zeiten mehr Selbstständige, denen trotz der hinterhältigsten Zwangsmaßnahmen der Obrigkeit die Puste blieb?

In Düsteroda hat es also kaum jemals echte Nazis gegeben. Es gab SA-Gottesdienste, ja, Heilrufe erklangen, ja, aber sobald von Ferne das Artilleriefeuer zu hören war, zeigte sich die wahre Gesinnung der Menschen. Es gab diese Kohorte der Hitlerjugend, die von Arnstadt her kam, mit einer bunten Mischung von überallher erbeuteten Knarren, ein paar Granaten und einem bereits halb leeren Flammenwerfer. Die kamen, um Düsteroda zu verteidigen.

Die Frauen befahlen den daheimgebliebenen Männern, den Kindern die Waffen wegzunehmen und ihnen die Hintern zu versohlen. Die Opas verdroschen sie nach Kräften. So konnten sie kaum laufen auf dem Heimweg ins verschissene Arnstadt, aber immerhin, sie lebten. Die Männer vergruben die Waffen im alten Steinbruch, wo sie den Grundstock bildeten für manch wertvollen kirchlichen Dienst in den Folgejahren.

General Backenheim hatte von all dem natürlich nichts mitbekommen und widmete sich einer besonderen Chefsache, während er darauf baute, dass die Alliierten am Ortseingang schon in die Flucht geschlagen würden – und wenn nicht, dann könnte er sich mit seinen Männern im Lazarett verstecken und so die Beute retten für eine neue Zeit oder ein neues Reich. Er schmiss sich in Positur, um mit der Autorität seines Eisernen Kreuzes und der Sterne und Runen auf der Uniform die Dorfbevölkerung von der Scheune fernzuhalten, während seine Leute im Wald die Opel Blitz tarnten. Dumm war nur, dass keiner wiederkam.

Der Ami nahm die Walddörfer immer nach demselben Muster. Ein Tieffliegerangriff, dann eine Vorhut durch den Wald geschlichen, um ein Bild von der Lage zu bekommen, und schließlich ein Panzer über die Dorfstraße, wenn klar war, dass keine bösen Fallen drohten. In den meisten Fällen sorgte schon der Tieflieger dafür, dass auf dem Kirchturm die weiße Flagge gehisst wurde. Denn die Dorfheinis kannten den Krieg ja bis dahin nur aus der Wochenschau. Aber sie lernten schnell. Zwei Stunden wären es noch, bis der Ami käme.

Es gab bis zu diesem Zeitpunkt fünf große Sippen in Düsteroda. Blech, Sauer, Ehring, Franz und Hippel. Bis zu diesem sonnigen Tag Mitte April 1945 konnten sich einige weder in die Augen sehen noch die Hand reichen. Jetzt ging alles Hand in Hand. Backenheim tobte, als sich die Scheune leerte. Hier dankte ihm niemand seinen Einsatz für das Reich.

Backenheim wurde frech und die Männer im Dorf regten sich auf. Der schimpfte, während die Männer die Kisten forttrugen und stand ihnen im Weg herum. Er brüllte etwas von Rache und Wunderwaffen, bot ihnen zuletzt flehentlich an, falls er sich in Zivilkleidung irgendwo verstecken könnte, würde er sogar das dunkle Geheimnis über die Märchenschätze des Jonastals mit ihnen teilen, das er dem Führer persönlich versprochen hatte zu bewahren. Aber die Dorfbevölkerung zeigte kein Interesse, sondern lehrte ihn, dass man nicht erst Nazi werden musste, um sich barbarisch zu benehmen.

Schließlich nagelten sie ihn an den Querbalken des Scheunentores, fast vier Meter in der Höhe, und zwar indem sie einen Pflock durch seine Hoden trieben, als das Panzerrohr des Yankees schon auf die Kreuzung lugte. Der Ami, gelockt durch ein entsetzliches Geschrei, schickte sich an, als Erstes von allem die Scheune zu erobern, wo ein dumpfer Aufschlag das Schreien beendete.

Als niemand auf den Befehl der Amis die Scheune verließ, schoben sie mit dem Panzerrohr die Flügel des Tores auseinander und fanden einen verrenkten General ohne Hosen mit gebrochenem Genick. Das Bindegewebe am Sack hält keinen General, selbst wenn Backenheim ein schmächtiger Knilch war, der sich für den Führer förmlich verzehrt hatte.

Die Älteren erzählten gerne die Geschichte, wie der Yankee erschrak, dem vom Querbalken etwas Blut auf die Geheimratsecken tropfte, und wie er dann anfing zu lachen und vor Begeisterung in die Hände klatschte und seine Kameraden mit ihm und wie die Amis es sich im Ort gemütlich machten, Kaugummis verteilten und davon absahen, die Häuser zu durchsuchen oder Exempel zu statuieren, wie sie es in den Nachbarorten oft genug tun mussten. Ein Segen! Selig sind die, denen die Ungerechtigkeiten vergeben und denen die Sünden bedeckt sind!

Silber achtete man in diesen Zeiten für gar nichts. Als aber der Russe kommen sollte, ahnte man in Düsteroda, dass sich die Nummer mit dem General nicht ohne Weiteres wiederholen ließe. So kam es zu einer denkwürdigen Versammlung im Hotel »Zur Lärche«, in dem die Vertreter aller Düsterodaer Sippen zusammenfanden, um zu bewahren, was ihnen zustand. Es fand sich, dass die einzige neutrale Person des Dorfes der Pfarrer sein könnte, der von nun an im Dorf richten mochte. Um sich aber nicht einer erneuten Fremdherrschaft unterstellen zu müssen, nachdem gerade eine Diktatur überwunden war, erwogen die Familien, dem Pfarrer einen Ausschuss zur Seite zu stellen, der im Sinne eines gedeihlichen Zusammenwirkens die kirchliche Arbeit aus dem Hintergrund koordinieren sollte. Dessen Geschäfte haben sich seit der Wende über das ganze Land ausgebreitet, vor allem durch die Begleitung und Versicherung der Gastronomie.

Mir passte das ganz gut. Seit dem Knast wollte ich mit Drogenverkauf nichts mehr zu schaffen haben.

Wo immer Sie in Thüringen eine gastronomische Einrichtung finden, die nach einem Nadelbaum benannt ist, können Sie unsere Kunden vermuten. Die Leute haben von Mafialeuten oft das Bild, dass sie unter der Woche töteten und am Sonntag fromm in der Kirche knieten. Sie würden erschrecken, wenn sie die Wahrheit wüssten.

# 14

Nach dem Krieg hatte die Kirchgemeinde Düsteroda mit Hochdruck die Suche nach einem eigenen Pfarrer aufgenommen, wo man bisher bloß ein Filialort vom fünf Kilometer entfernten Ziegelroda gewesen war. Fündig war der Ausschuss in der Person Bruno Aderholds geworden, unter Thüringens Pfarrern damals der überzeugteste Parteigänger des Berliner Bischofs Otto Dibelius. Bischof Dibelius hatte erklärt, die staatliche Ordnung in einem Unrechtsstaat sei für Christen nicht verbindlich. Ein Christ dürfe in der DDR sogar über rote Ampeln gehen.

Das war Wasser auf die Mühlen eines Dorfes, das sowieso von jeher seine Angelegenheiten lieber selbst regelte und dabei nicht nur über Rotlicht, sondern über Leichen ging. Schon Herzog Ernst der Fromme konnte die Wilderei in diesem Gebiet nur dadurch einschränken, dass er die gröbsten unter den Wilderern zu beamteten Wildhütern ernannte. Die bedienten sich zwar weiter schamlos, begannen aber zumindest, durch Schutzgelderpressung den anderen die Jagdfreude sauer zu machen. Teile und herrsche – wenigstens über die meisten.

Düsteroda besaß damals nur eine Kirche. Mittlerweile waren es drei, wenn man die Friedhofskapelle mitzählte. Auf Bruno Aderhold folgten sein Sohn Jochen und sein

Enkel Sebastian. Doch leider, für ihn war die Stellung eines Pfarrers zu Düsteroda zu selbstverständlich. Er kostete sie aus, wo er konnte, und sogar dort, wo er nicht gekonnt hätte, und deshalb wurde Düsteroda nach langen Jahren der Pfarrdynastie zum ersten Mal vakant.

Um Ihnen in der Genauigkeit zu berichten, die ich Ihnen schulde, muss ich gestehen, dass es ein wenig so war wie an vielen anderen Orten innerhalb der Kirche. Menschen besetzen die Stellen, die sie sich selbst schaffen. Als hätten sie geahnt, wie ich mit Leuten verfuhr, die sich an Konfirmandinnen vergriffen, besuchte mich eines Mittwochs eine Abordnung aus Düsteroda in meinem Suhler Amtszimmer in der JVA.

»Wir wollen Sie als unseren neuen Pfarrer.«

»Warum ich?«

»Sie sind uns empfohlen worden.«

»Von wem?«

»Können wir nicht sagen. Aber es könnte sein, dass er in Halberstadt wohnt.«

Düsteroda wäre nicht Düsteroda, wenn bei mir schon irgendwelche Glocken geläutet hätten. Ich stand den Damen arglos gegenüber wie Sisera der Jael. Und wie die wilde Jael hätten sie mich vermutlich gepfählt, wenn ich Nein gesagt hätte, nach allem, was sie mir in meinem abhörsicheren Knastbüro über ihren geliebten Heimatort erzählten. Dafür zeigten sich die nur scheinbar provinziellen Tanten genau im Bilde, was meine besonderen Talente anbelangte.

»Wir machen ihnen ein Angebot, das Sie nicht ablehnen können.«

Ob ich also eine Wahl gehabt hätte, der Berufung zu folgen, war bei ihrem Vorgehen mehr als zweifelhaft. So hatten sie mich schnell überzeugt. Zumal, die Kacke war gerade richtig am Dampfen gewesen in der JVA Suhl.

***

Jaqueline kann immer lachen, mal kehlig, mal spitz, aber immer mit einem breit geöffneten Mund. Wer meinte, sie hätte ein Scheißleben, der sollte sie mal lachen sehen! Als ich sie damals kennenlernte, hatte sie noch diesen unangenehmen Zeitgenossen als Beschützer, der mit den zwanzig Euro für die Wäscherei. Der fasste sie öfter grob an. Ich war so zornig, aber Jaqueline lachte. Nach dessen Unfall dachte ich, sie wäre frei, könnte etwas Neues machen, doch sie blieb in dem verdammten Puff.

Die anderen Mädchen waren alle zehn Jahre jünger. Sie war so etwas wie die große Schwester für sie. Ich sagte ihr, wenn sie irgendwann bei mir vor der Tür stünde, ich würde sie wohl reinlassen und sie könnte bei mir sein. Aber sie sagte nur, wenn ich sie haben wollte, müsste ich mit einem schicken Wagen vorfahren und sie holen. Aber dann wollte sie nicht ins beschissene Düsteroda, wenn schon wollte sie nach Amalfi und auf der ganzen Fahrt Bonnie Tyler hören und Pfirsiche essen. Auf jeden Fall.

Meister Gerhard klingelte mich zwar Samstag früh raus, spannte Planen in meinem Büro und rührte in großen Eimern, spachtelte an der Blutwand herum, verabschiedete sich aber bald, er könne die Arbeit erst Anfang der Woche zu Ende bringen. Sein Hausmittel müsste erst ordentlich trocknen, ein scheißteures Zeug, das sämtliche Blutrückstände unwiederbringlich tilgen würde, wenn man es nur ließe. Dafür stand Bruder Brückner mit Verschwörermiene vor der Tür. Ich kochte einen grünen Tee. Er schlürfte lächelnd, als müsste ich ihm seine Informationen aus der Nase ziehen.

»Nun?«, fragte ich.

»In den letzten zwanzig Jahren sind nur dreimal Häuser an Nichteinheimische verkauft worden.«

»Nein, wie ist das möglich?«

»Eben!«

»Können Sie es verdeutlichen?«

»Es scheint, als wären selbst die Zugezogenen – bis auf eine Familie Schmidt – hier verschwägert und nur durch Erbschaft wieder zurückgekommen. Und der Rest wohnt zur Miete. Bisher fand sich noch für jedes Grundstück jemand aus dem Dorf, der einen scheinbar höheren Preis zahlte. Aber jetzt kommt's. Günther Blech hat nicht nur versucht, eine Gartenparzelle zu verkaufen. Die Familie besitzt auch drei Hektar Weideland, am anderen Ende des Ortes.«

»Auf dem sogenannten Schuldenhügel.«

»Das Neubaugebiet. Exakt dahinter – wo in den ersten Nachwendejahren selbst Wohngebiete geplant waren. Düsteroda hätte leicht um die Hälfte wachsen können. Nach dem ersten Boom und dem Wegzug vieler Bürger Richtung Süden, sollte es dazu nicht mehr kommen. Aber der entscheidende Punkt: In den letzten Monaten sind mehrfach Anfragen an die Kreisverwaltung gestellt worden, ob nicht die Ausweisung zum Bauland befördert werden könnte. Die Kreisverwaltung hat sich erst skeptisch und dann – nach einem informellen Treffen – euphorisch geäußert. Das würde den Wert des Blech'schen Grundbesitzes locker verzehn- oder verzwanzigfachen.«

»Aber nur theoretisch. Es müssten sich erst einmal Käufer finden. Jedenfalls würde es erklären, warum andere nicht ähnlich gute Angebote für ihr Land bekommen hatten.«

»Möglicherweise gab es diesen Käufer. Die Anfragen wurden nämlich nicht von Blech gestellt, sondern von einem Maklerbüro mit Sitz in Hamburg.«

»Und möglicherweise, ohne dass Blech davon wusste, was mit seinem Land passieren sollte«, schlussfolgerte ich.

Damit müsste ich in den Ausschuss. Noch heute. Brückner war kurz davor, sich zu verbeugen, aber mein Applaus fiel aus.

»Übrigens, der Tipp mit dem Zusammenhang zwischen der verletzten Nutte in Eisenach und den Vorgängen hier – gar nicht so übel. Die Kollegen haben erst mal gestaunt, wo ich das herhaben will. Aber der Oberstaatsanwalt hat gleich nervös die Brille abgenommen und gesagt: Wenn ich nur den kleinsten weiteren Hinweis fände, dann würde dieses Nest hier – verzeihen Sie den Ausdruck – von den Füßen auf den Kopf gestellt. Und das hat er dann sogar dem Innenminister berichtet, den er gerade am Ohr hatte. Sie sehen, selbst in der Landesregierung ist man sensibel. Vorerst bleibe ich alleine hier. Aber sobald hier nur eine dunkle Wolke aufzieht – Bamm!«

Warum kann ich nicht einfach meine Schnauze halten, wo es um Jaqueline geht?

»Wenn wir Glück haben, ist sie in ein paar Tagen vernehmungsfähig. So lange bin ich also zumindest noch bei Ihnen. Falls nichts passiert.«

Oh, wie ich wünschte, dass nichts passieren musste. Aber die Uhr lief gegen mich und er hatte sie gerade gestartet.

Brückner holte aus seiner Aktentasche einen Berg von Postern und Papieren, die er zu einer großen Karte Düsterodas ordnete. Er fieberte förmlich. Ich überließ ihm den Gästeaccount meines Netzwerkes, sodass er nach Belieben in weiteren verkackten Akten wühlen könnte, die seine Erfurter Sekretärin ihm aus dem Archiv scannte.

Mich trieb es rüber zu Tante Betty. Der Junge müsse noch eine Weile bei ihr bleiben, instruierte ich sie, ganz gleich, ob er sich nicht richtig betragen könnte und was er in seinem Delirium für Verschwörungstheorien von sich gäbe. Aber ich erlaubte Tante Betty, ihm einen Strohhalm durch die Türritze zu schieben, durch den er von ihrer vorzüglichen Hühnerbrühe trinken könnte. In Wirklichkeit wärmte sie nur auf, was ich ihr gekocht hatte. Aber sie bekam ganz rote Wangen, weil sie helfen konnte, wie immer blind für das wirkliche Geschehen.

Etwas erschöpft setzte ich mich an ihren Küchentisch.

»Tante Betty, darf ich Sie etwas fragen?«

»Aber natürlich.«

»Waren Sie einmal in einer Situation, in der Sie eine Entscheidung treffen mussten, bei der beide Seiten nur verlieren konnten?«

Erst dachte ich, sie wollte mir nun doch nicht antworten, da begann Tante Betty mit ihrer krächzigen Stimme zu singen, wahrlich kein Genuss:

*Und reichst du uns den schweren Kelch, den bittern*
*des Leids, gefüllt bis an den höchsten Rand,*
*so nehmen wir ihn dankbar ohne Zittern*
*aus deiner guten und geliebten Hand.*

Ich wartete, bis ihre Stimme in der Küche verklang. Sie strich sich eine Träne aus den Augen.

»Was meinen Sie«, fragte ich, »sollte ich nun die Dinge entscheiden wie Hiob oder wie Bonhoeffer?«

Ich wünschte, dass sie antwortete »Bonhoeffer«, denn dann könnte der verantwortlich handelnde Hirte Kollateralschäden in Kauf nehmen. Wussten Sie, dass Dietrich Bonhoeffer nicht der Erste war, der mit dem Glauben ein Attentat gerechtfertigt hat? Ich bin mit solchem Wissen aufgewachsen: Ehud, der Richter, von Gott ganz offensichtlich gefördert und gesegnet. Simson, der wie ich die Füchse für seine Zwecke nutzte. Das könnte das Schöne an meinem Beruf sein, wenn Theorie und Praxis zusammenfielen. Normalerweise.

# 15

»Gibt es nicht etwas dazwischen?«, fragte sie zurück.

Ich seufzte.

»Haben Sie sich schon für jemanden geopfert? Oder haben Sie erlebt, dass sich jemand für Sie geopfert hat?«

»Selbstverständlich!«

»Nein, ich meine jetzt mal nicht unseren Herrn Jesus Christus; ich meine, ein Mensch, der Ihnen nahe stand …« Nun stockte sie. Eine weitere Träne floss. Still sackte sie in sich zusammen. Ich nahm ihre Hand.

»Dann muss ich sagen: Leider. Mein Mann, Horst«, erzählte sie, »unser Unfall, damals. Das war mein Unfall. Wir hatten uns gestritten. Das haben wir sonst nie, in all den Jahren nicht. Das machte nur das verfluchte Geld. Nach der Währungsreform kam er mit dem neuen Auto an, diesem blaugrünen …«

Vor meinem inneren Auge sah ich den schönen Metalliclack in der Sonne glänzen. Einmal im Jahr schickte mich Betty mit ihrem Ford Capri zur Inspektion, aber sie fuhr nie mit.

»Ich sagte zu ihm: Wir haben doch ein Auto, weshalb ist das nicht mehr gut genug? Aber da war er stur. Wenn mir unser Trabbi so gefiele, dann sollte ich ihn doch fahren, er habe schon immer von etwas anderem geträumt, etwas Sportlicherem. Ich meinte, das würde ich dann auch tun und er bekäme mich nicht in so eine Protzerkiste.« Betty holte ein Taschentuch aus ihrer Schürze und schnäuzte sich. Diese Geschichte hörte ich tatsächlich zum ersten Mal.

»Die lange Kurve runter zum Michaelisteich. Er hätte mich nicht fahren lassen dürfen. Ich saß mit Horst im Trabant. Er meinte, Frau, jetzt musst du auch lernen, wie es geht. Ich war trotzig und gab tüchtig Gas. Ich kam ab und wir schossen ins Wasser. Er schnitt die Gurte durch und zog mich heraus, er brachte mich ans Ufer und hielt Autos an auf der Straße. Decken wurden gebracht, sie hüllten mich ein, er rieb meine Beine und hauchte mich an. Er war so besorgt, dass er sich selbst darüber vergaß. Wie eine Glühbirne, die zu viel Strom hat, so ist er dann zusammengeklappt. Völlig unterkühlt.«

Ich kannte einen ähnlichen Effekt von Arsenvergiftungen. Tante Bettys Hand versteifte sich und ich streichelte sie. »Was würden Sie Ihrem Mann noch sagen wollen, wenn Sie ihn träfen?«

Sie schüttelte den Kopf. »Er wollte, dass ich lebe. Und das werde ich auch tun, das bin ich ihm schuldig. Ich bin ja schuld. Treffen, das kommt später. Sein Auto habe ich aufgehoben. Das erinnert mich an meine Torheit. Herrjemine, ich weiß nicht einmal, ob er mich zurücknehmen würde.«

»Christus spricht: Niemand hat größere Liebe als der, der sein Leben lässt für seine Freunde.«

Sie schallt sich ein grässliches altes Huhn, dass sie mich mit ihren Schnurren belaste. »Niemand verlangt von

Ihnen, dass Sie sich aufopfern, Herr Pfarrer. Bitte denken Sie daran. In Ihnen schlägt auch ein Herz und Gott weiß, ein sehr gutes sogar.«

Bei meiner Rückkehr sah ich noch die Rücklichter des Wagens von Maler Eckie Gerhard und hätte mich wundern sollen. Inzwischen war Brückner ans Telefon gegangen. Ich fragte ihn, was er sich erlaube, immerhin stünde der Anschluss des Pfarramts unter besonderem Schutz.

»Da war ein Herr Meyer, der wollte fragen, ob er das Handy seiner Tochter holen kann. Er käme gleich vorbei.«

»Was haben Sie gesagt?«

»Falsch verbunden.«

»Das war sehr wichtig.«

»Warum?«

»Hier gibt es keinen Meyer.«

Brückner faltete die Hände. »Na und?«

»Gernot, darf ich Sie Gernot nennen?«

»Natürlich, Herr Pfarrer.«

»Die Sache mit dem Handy – fanden Sie diesen Anruf nicht irgendwie merkwürdig?«

»Nein, wieso? Sicherlich haben sich die Kinder nicht benommen und Sie haben eins dieser Dinger einkassiert. Ist ja auch schlimm, dass die den ganzen Tag nur rumdaddeln. Meine Exfrau ist Lehrerin, wenn die erzählt …«

»Aber sollte Meyer davon gewusst haben, Gernot? Wenn es hier doch keinen Meyer gibt?«

Brückner erschrak so sehr, dass er schon wieder beten wollte. »Wenn ich auch wanderte im finsteren Tal …«

Ich fragte mich, wie ich Brückner überzeugen konnte, den toten Bestatter noch eine Weile im Putzschrank zu lassen, kühl genug war es ja, und sich stattdessen mit mir zu bewaffnen für das, was unweigerlich auf uns zukäme.

Er war nicht leicht zu überwinden. Immerhin wollte er vorerst davon absehen, die Totenruhe von Matthias Speyer zu stören. Er überlegte sogar, in sein Erfurter Büro zu flüchten. Ich skizzierte ihm, was meiner – medial vermittelten – Erfahrung nach geschah, wenn man sich mit solchen Leuten einließ und noch meinte, sein Auto besteigen und einfach wegzufahren zu können.

»Rumms«, dämmerte es ihm.

»Unter der Maßgabe äußerster Wachsamkeit könnten Sie das Aktenstudium hier fortsetzen«, schlug ich vor, »wir leisten gewissermaßen Amtshilfe«.

»Danke. Ich bin Ihnen sehr verbunden.«

»Haben Sie denn auch Neuigkeiten für mich?«

»Ich habe mich noch einmal durch die Akten des Wirtschaftsministeriums gewühlt. Es scheint, als hätten sich die verstorbenen Mitarbeiter des Energiereferats allesamt und nacheinander damit beschäftigt, geeignete Standorte für Pumpspeicherkraftwerke in Thüringen zu finden.«

»Was für Dinger?«

»Es handelt sich sozusagen um große Akkus. Sie haben doch selbst auf Ihrem Gemeindezentrum …«

»Dem Dibelius-Heim?«

»Ja genau, diese Photovoltaikanlage. Energiewende. Das ist doch überall ein Thema. Aber die erneuerbaren Energien haben den Nachteil, dass der Strom meist dann produziert wird, wenn ihn keiner braucht. Zum Beispiel

Sonntagnachmittag. Wenn wir aber Sonntagnachmittag diesen Strom nehmen und in ein hochgelegenes Becken pumpen, eine Talsperre, dann könnten wir ihn montags, wenn der Strom gebraucht wird, wieder abrufen, einfach, indem wir das Wasser bergab durch Turbinen laufen lassen.«

Ich ließ es mir noch etwas genauer erklären. Der Aktenfresser geriet ins Schwärmen über die zentrale Lage Thüringens und dass man den Werbespruch mit dem grünen Herzen Deutschlands doch auch einmal darauf beziehen könne, dass aus Thüringen der klimaschonende Strom käme.

»Lassen Sie mich raten, Gernot. Düsteroda wäre ein guter Standort für so ein Pumpspeicherkraftwerk?«

Wir starrten eine Weile aus dem Wohnzimmerfenster auf den Friedhof. Brückner wog den Kopf. »Wie gut der Standort geeignet ist, das kann ich nicht beantworten, ich bin kein Ingenieur.«

»Aber?«

»Für mich als Laien wirkt die Tallage wie prädestiniert. Anfang der Neunzigerjahre gab es tatsächlich mal ein erstes, mehr inoffizielles Planungsverfahren zum Talsperrenbau in Düsteroda. Der Vorsitzende des Planungsausschusses, Staatssekretär Erhard Mühlbach, schrieb euphorisch über die Möglichkeiten. Damals hatte man noch eher das Anliegen, die Stromnetze zu stabilisieren; mehr als den Klimagedanken. Mühlbach fand durchaus offene Ohren. Er führte erste Gespräche mit hiesigen Einwohnern. Doch erlitt er bei einem Ortstermin in Düsteroda einen schweren Herzinfarkt. Damit starb auch der Plan.«

»Die Menschen hier sind eben auch sehr heimatverbunden. Da zieht keiner gerne fort. Und das Dorf aufgeben … Da kriegen sie die niemals zu.«

»Oh, man hatte solche Fälle vor Augen, als im März 1994 das Thüringer Enteignungsgesetz durch den Landtag gepeitscht wurde. Die Düsterodaer konnten also nur beten. Und«, fügte er lächelnd hinzu, »vielleicht haben sie das ja auch getan.«

»Mit Sicherheit«, sagte ich und dachte an das Bild meines Vorgängers im Turmzimmer unserer schönen Dorfkirche. Vage Erinnerungen stiegen auf und ich meinte, so etwas in der Pfarrchronik gelesen zu haben, die in Thüringen traditionell von einem Pfarrer zum anderen weitergereicht wurde. Bruder Aderhold der Dritte rühmte sich, er habe sich bei den Erfurter Entscheidungsträgern persönlich dafür eingesetzt, einige unangenehme Pläne aufzugeben. Jetzt wusste ich, was er gemeint hatte. »Aber was haben Sie nun konkret herausgefunden?«

Gernot grinste wieder. »Ich dürfte das alles gar nicht erzählen, aber ich denke, wir sind mittlerweile schon so etwas wie Komplizen.«

Ich nickte interessiert.

»In den letzten Monaten kamen immer wieder Anfragen aus dem Ministeriumsbüro, ob sich nicht im Rahmen der Energiewende Düsteroda doch eignen würde. Natürlich sahen die Referenten, dass weite Teile der gerade wegen der Energiewende geplanten und teilweise bereits ausgeschriebenen Transitstromtrassen auf der Nord-Süd-Schiene, Stichwort Rennsteigquerung, umgeplant werden müssten, wenn auf einmal Düsteroda zu einem großen

Kraftwerk würde. Aber dann segneten sie das Zeitliche, einer nach dem anderen, und die Anfragen aus dem Ministerbüro wurden nicht weniger.«

# 16

Insgesamt hätte Günther Blech über 34.500 Quadratmeter Bauland verfügt. Nach den ersten Referentenvorlagen im Ministerium sollte der 1994er-Preis von rund fünfundachtzig Euro pro Quadratmeter um eine Inflationsverzinsung von jährlich drei Prozent steigen, um die Familie für den Verlust der Heimat zu entschädigen. Da hatte jemand ziemlich gut verhandelt!

»Er beziehungsweise der neue Eigentümer hätte den Quadratmeter also verkaufen können zu …«, Brückner tippte theatralisch auf seinem Taschenrechner herum, »zu 153,52 Euro. Mal 34.500 macht 5.296.440 Euro.«

»Hätten Sie die wirklich bekommen? Ist das im Landeshaushalt so einfach da?«

»In der Tat durchleuchtet die Opposition jeden Posten. Allerdings habe ich Hinweise auf einen anderen Deal. Das Land besitzt alte Industrieflächen nahe der Erfurter Innenstadt. Eine Hamburger Immobilienfirma hat sich angeboten, hier einen komplett neuen Stadtteil zu entwickeln. Andere haben sich natürlich auch an dem Architektenwettbewerb beteiligt. Aber jetzt könnte es gelinde gesagt den Ausschlag geben, dass die Hamburger angeboten haben, die Flächen als Tauschland für im Rahmen der Energiewende enteignete Ländereien zu akzeptieren. Das

Projekt in Erfurt ist das Zehnfache wert. Aber wenn sich auf diese Weise zwei wichtige Projekte zugleich verwirklichen lassen, sagt man nicht Nein.«

Ich pfiff durch die Zähne.

Er schaute hoch. »Und da wollen Sie heute Abend wieder eine Ausschusssitzung zum Thema Blumenschmuck veranstalten?« Herausfordernd blickte er mich an.

»Gott, gebe mir die Gelassenheit, Dinge hinzunehmen, die ich nicht ändern kann, den Mut, Dinge zu ändern, die ich ändern kann, und die Weisheit, das eine vom anderen zu unterscheiden.«

Brückner seufzte. »Verzeihung, ich habe schon wieder vergessen, dass Sie einen geistlichen Auftrag haben.«

***

Jaqueline, ach Jaqueline. Wenn sie lachte, kriegte sie auf der rechten Seite zwei kleine Grübchen, die sich überlagerten. Ich wäre dann gerne ein kleines Männchen, nur reiskorngroß, und ich würde mich in diese Landschaft legen und für immer dort bleiben.

***

Durch die Hintertür verließ ich das Pfarrhaus und schlich mich über den Friedhof in Richtung des Berges. Ewige Lichter brannten. Wolken entstiegen meiner Lunge an diesem fast windstillen Abend. Verdammt, ich wandre nicht durch ein finsteres Tal, ich wohne in einem. Immerdar? Hoffentlich nicht. Am nächsten Tag stand der Totensonntag an, den wir schon immer feierlich begingen, und bis jetzt hatte ich mir weder eine passende Predigt runtergeladen noch war ich sicher, ob ich diesen Tag überhaupt erleben würde. Ein jeder aus dem Ort, der im vergangenen Jahr einen Trauerfall zu beklagen hatte, würde sich zum Gottesdienst einfinden. Nach der Verlesung der Namen spielte die Kapelle »Im schönsten Wiesengrunde«. Ursprünglich sollte es einmal ein Choral sein, aber die Leute wollten es so. Drauf geschissen.

Der erste Schnee lag in der Luft. Niemand war zu sehen. Bestenfalls könnte ich die Liste der Abkündigungen noch verlängern. Außer Atem stieg ich den Berg hinauf.

Frau Ehring zog mich gleich hinunter in den Keller, in ihren Partyraum. Wie auch immer Partys bei Familie Ehring aussehen mochten: Jagdtrophäen an der Wand, ein röhrender Hirsch über dem geblümten Sofa. Aber eine dunkle Bar aus Eichenholz. Sie goss mir einen Jägermeister ein und sich eine Tasse Tee. Kurz darauf schlug die Tür und Adelheid Franz erschien mit knappem Gruß. Bald war der Ausschuss zusammen und ich legte ihnen den ganzen Scheiß vor, den ich in Erfahrung gebracht hatte.

»Düsteroda erlebt eine Krise«, begann die Vorsitzende. »Wir danken dem Herrn Pfarrer für seine instruktiven Worte und ich denke, wir sollten ihn ermächtigen, auch die unorthodoxesten Schritte zu erwägen, um unsere Heimat zu schützen.«

»Waffen! Wie sieht es aus mit Waffen?«, schaltete sich Henriette Hippel ein, die Bäckersfrau, und Gunda Sauer nickte.

Frau Franz lächelte mich an. Ihr Parfum füllte die Halle. »Ich denke, daran hat es uns noch nie gemangelt. Und unser Pfarrer ist vielleicht nicht der beste Schütze, doch verfügt er über die nötigen Talente. Das größte Hindernis scheint mir der Herr Kommissar zu sein.«

»Richtig!«, schrie Frau Sauer.

»Der muss weg!«, rief Frau Hippel.

»Den muss er als Erstes erledigen!«, schnaubte Frau Franz.

Mit einer Handbewegung schnitt Frau Ehring den anderen das Wort ab. »Wie beurteilen Sie das?«, wandte sie sich an mich.

»Ich denke, wenn sie in der Lage waren, uns zu orten, dann kann man getrost abwarten, was die nächsten Schritte sein werden. Übrigens, bisher macht sich Bruder Brückner nicht schlecht.«

Frau Franz sah mich immer noch herausfordernd an, saß da ohne Zucht, eine alte Frau mit gespreizten Beinen, als wäre sie eine verschissene Puffmutter mit ihren dunkelrot bemalten Lippen. »Nicht dass Sie sentimental werden, Herr Pfarrer. Sie wissen, dass Sie Ihren Dienst von Ihren privaten Empfindungen trennen müssen.«

»Nein, nein«, sagte ich und blickte zu Boden.

»Schluss damit! Fühlen Sie sich denn noch in der Lage? Sie wissen, dass Pastoren sehr gefährdet sind, was den Burnout angeht.« Sie griff über die Lehne ihres Sessels hinweg und tätschelte mein Knie.

»Schon beim Günther war es nicht sauber«, erinnerte sich herzlos dessen Tante, Magdalena Blech. Frau Sauer und Frau Hippel kicherten, als ich Adelheid Franz' Hand von meinem Knie strich.

»Was denn, ich habe nur versucht, ihn zu trösten.« Mit schwabbelndem Busen ließ sie sich zurück ins Polster fallen und schmollte.

Ich hätte mich zu Frau Hippel setzen sollen. Die roch so schön nach der Backstube, dass man sich am liebsten auf ihren speckigen Oberarm kuscheln und schlafen würde. Frau Ehring bedeutete mir, dass sie ohne mich weitertagen wollten.

»Nachdem wir unseren Pfarrer für heute entlassen, muss ich zunächst eine traurige Mitteilung machen.«

Im Herausgehen hörte ich sie noch zischen; das und der Name, den sie keuchte, behagten mir überhaupt nicht.

»Gift!«, überschlug sich eine Stimme. »Das war Gift!«

Draußen zündete ich mir eine Zigarette an. Ich schaufelte hier noch mein eigenes Grab.

Als ich wieder zum Pfarrhaus kam, stand erneut das Malerauto vor der Tür. Jetzt war ich klüger. Schnell duckte ich mich in den Schutz der Ecke und schlich mich erneut über den Friedhof zurück in mein Haus. Diesmal betrat ich das Pfarrhaus durch die Garage, tapste, so schnell es lautlos möglich war, die Treppe hinauf. Und schloss dreimal die Tür hinter mir ab. Dann schob ich eine Kommode davor und weil sie nicht hoch genug war, blockierte ich die Türklinke auf der Kommode mit einigen alten Gesangbüchern. Brückner kam auf der Stelle aus dem Salon und fragte mich, was ich da täte.

»Die Maler.« Ich starrte ihn an. »Die Maler.«

»Ja?«

»Haben die sich bei Ihnen irgendwie vorgestellt?«

Brückner lächelte. »Freundlich waren die, da habe ich nicht nach Namen gefragt. Habe mich nur gewundert, wie viele es sind. Einer wird ihnen sicher selbst einfallen, denn so viele Leute gibt es hier im Ort wohl nicht mit dem Mund voller Gold.«

Nein, da gab es gar keinen. Eine passende Person fiel mir gleichwohl ein und mir fröstelte.

»Sie wollten die Arbeiten fortführen in Ihrem Dienstzimmer und im Büro wollten sie auch etwas. Sie haben gesagt, wenn Sie wieder da seien, sie würden in jedem Fall auf Sie warten.«

»Da bin ich sicher.«

»Nun kommen Sie doch erst einmal rein. Sie waren ja den halben Abend weg. Es gibt schon wieder Neues, was ich Ihnen einfach erzählen muss. Oder noch besser, ich berichte gleich, klären Sie erst noch rasch das Anliegen der Handwerker da unten.«

»Gernot?«

»Ja?«

»Sind Sie eigentlich bewaffnet?«

»Sollte ich denn? Herr Pfarrer, Sie haben mir doch vorgeschwärmt, was für eine Seele von Mensch dieser Meister Gerhard ist. Den müssen wir doch nicht ins Gebet nehmen. Er sieht übrigens viel jünger aus, als ich ihn mir vorstellt habe.«

»Gernot?«

»Ja, was ist denn nun?«

»Meister Gerhard ist heute Nachmittag überraschend verstorben!«

# 17

In einem kurzen Anflug von Kleinglauben forderte Brückner von mir die Erlaubnis, sein verschissenes SEK herzubestellen. Ich erinnerte ihn an die Geiselnahme des jungen Bestatters, den gesiebtelten Zwerg und den toten Herrn Speyer im Wandschrank.

Nach einem raschen Vaterunser kam Gernot zu sich und frömmelte auch bereits wieder. »Der Glaube ist ein Licht, das geschenkt wird, um in der Finsternis zu leuchten.«

»Wo haben Sie das denn her?« Ich dachte spontan an einen beschissenen Song von Bonnie Tyler.

Brückner starrte mich verständnislos an. »Aus Ihrem Büro! Das Poster mit dem Sonnenaufgang hing doch direkt über Ihrem Schreibtisch.«

»Ja, natürlich.« Jetzt war nur die Frage, woher das Licht kommen sollte, das da zu leuchten hätte.

Kommissar Brückner staunte etwas, als ich ihm beichtete, dass vor einigen Jahren im Heimatmuseum ein Streit darüber entbrannt war, wie mit einigen im alten Steinbruch gefundenen Weltkriegswaffen umzugehen war. Ich sei davon ausgegangen, die Waffen seien nicht mehr gebrauchsfähig, aber vielleicht könnte man ja, wenn auch nur zu Abschreckungszwecken, und notfalls müsse man sie halt werfen …

Ich hätte mich natürlich nicht nach der Vorschrift des Gesetzes verhalten, aber immerhin in gutem Glauben gehandelt, meinte er und fügte augenzwinkernd hinzu, ich hätte gehandelt, wie es sich für einen Pfarrer gehöre.

Erleichtert, dass er es so locker nahm, wühlte ich aus meinem Sekretär einen Schlüssel hervor, schob den Wohnzimmerschrank zur Seite und öffnete eine jener fensterlosen Besenkammern, mit denen man in unpraktisch geschnittenen alten Fachwerkhäusern immer rechnen muss.

»Zeigen Sie mal her.« Brückner drängte mich zur Seite, streckte seine Hände aus und geiferte fast wie die Stammmutter Rahel beim Anblick von Rubens Liebesäpfeln. Staunend zog er mehrere Weltkriegs-Pistolen, Mauser, heraus und als Prunkstück der Sammlung einen sowjetischen Nagant-Revolver mit nachträglich angefertigtem Schalldämpfer. »Überhaupt«, erklärte er mir, »der einzige Revolver, der einen Schalldämpfer wert ist, weil die Trommel gasdicht ist. Eine Sonderanfertigung aus den Labors der Waffen-SS.«

»Leider sind die Waffen ja längst mit einem Bleiverschluss versehen und somit unbrauchbar«, sinnierte ich und machte eine Kunstpause, bevor ich fortfuhr. »Ach, was heißt schon ›leider‹ in diesem Zusammenhang. Manchmal vergesse ich, was ich bin«, klagte ich mit der Miene des überbeschäftigten Gutmenschen.

»Das sollten Sie nie vergessen, Herr Pfarrer. Denn Sie sind, wenn ich das sagen darf, von echtem Seelenadel. Wollen Sie im Übrigen eine je nach Standpunkt gute oder schlechte Nachricht hören?«

Nichts freut einen Theologen so sehr wie Ambivalenz. »Schießen Sie los.«

»Wenn ich hier durch den Lauf blicke, kann ich Sie sehen.«

Nun, das war doch eine gute Nachricht, wenn auch nicht ganz unerwartet. »Ich bin schockiert!«, rief ich aus. »Jahrelang lagen scharfe Waffen hier herum. Und ich dachte, meine größte Sünde sei es, die Munition behalten zu haben.« Ich verschränkte die Arme auf dem Sessel und schüttelte den Kopf. Brückner lud den Revolver und veranstaltete Zielübungen.

»Sie sind top in Schuss. Man könnte den Eindruck gewinnen, geradezu gepflegt und frisch geölt. Und Sie sagen, Munition haben Sie auch noch?«

Ich bejahte verschämt. »Aber alleine gehen Sie nicht da runter!«

Brückner hatte über seine Waffenbegeisterung fast vergessen, wozu die Dinger gedacht waren. »Sie kämen also mit«, staunte er hörbar erleichtert. »Grundanständig!«

Über das Dach des Schuppens stiegen wir in den Garten. Im hinteren Büro brannte Licht. So blöd kann man nur sein, wenn man eigentlich ein liebenswerter Mensch ist, der glaubt, von nichts Schlechtem getroffen werden zu können. Da sitzt man im Büro eines Mannes, den man töten möchte, aber den man außer Haus wähnt, und man macht Licht an, weil es ja nur hinten rausgeht, Richtung Friedhof …

Oh wie schnell es jetzt Richtung Friedhof gehen würde, ihr Arschgeigen! Ich schleifte Brückner am Ärmel bis kurz vor das Fenster. Der Wald steht schwarz und schweiget.

Wer drinnen Licht an hat, sieht ihn nicht; sieht niemanden, nicht mal einen zitternden Kommissar und seinen Seelsorger.

Brückner und ich standen jeweils vor einem Fenster. Ich legte an auf einen der Idioten, die an meinem Besprechungstisch saßen und treudoof Räuberskat spielten, bemüht, dabei keinen Laut zu tun. Jetzt, wo es ernst wurde, fraß die Angst wieder um sich. Ich sah, wie Brückner zitterte. Ich bedeutete ihm anzulegen, aber sein Arm schwankte bedenklich. Er zielte nur mit Mühe. Sicher wusste er, dass wir einen lehrbuchmäßigen Präventivschlag ausführten, und dennoch drohten seine Skrupel Oberwasser zu bekommen.

Ich wisperte in Brückners Richtung mein Kommando. »Drei, zwei, eins.«

Wir schossen durch die geschlossenen Fenster, er eine Kleinigkeit früher. Ich verzog den Lauf etwas und meinem spritzte die Schädeldecke weg. Ärgerlich, wo Eckie tot war. Brückners Räuber blutete aus der Brust und kippte vornüber vom Stuhl.

»Schnell!«, zerrte ich ihn weiter. Wir liefen in die Garage und nahmen Platz vor der im Inneren liegenden Haustür. Drinnen stoben die Männer auseinander wie die Philister nach der Ermordung der Wache auf dem Weg nach Michmas. Im vorderen Büro waren noch mindestens drei andere. Die stritten nun, ob sie Bescheid geben oder ob sie auf eigene Faust in den Garten gehen und Rache nehmen sollten. Sie feuerten gar ein paar Schüsse in den Garten ab. Unschlüssig trampelten sie umher.

»Wir sind hier gefangen«, flüsterte Bruder Brückner.

Ich beruhigte ihn. Solange die hier keine Granate reinschmissen, könnten wir doch ausharren. Dabei hatte ich die Hoffnung aufgegeben, dass uns jemand zu Hilfe käme. Die Geschosse bellten zu eindeutig durch das Dorf, dass es hier nichts zu sehen gebe und man sich bitte weiter um seinen eigenen Scheiß kümmern solle. So saßen wir gegenüber der Tür, die ins Treppenhaus führte, und schwiegen und fragten uns, ob die drinnen nun verschwinden würden, um uns zu verfolgen, oder ob sie versuchen würden, uns ausfindig zu machen beziehungsweise auszuräuchern.

»Ich habe eingepullert«, winselte Brückner.

»Gernot? Warum hat Ihre Frau Sie eigentlich verlassen?«

»Isabell? Wie kommen Sie darauf, dass Sie mich verlassen hat?«

Was weiß denn ich, ob sie Isabell heißt. Ich blickte ihn nur schief an. So viele andere wird es da wohl kaum geben. Im Flur hallte das Klacken der Haustür. Draußen startete der Diesel von Meister Gerhard und fuhr davon.

»Sind sie weg?«, fragte Brückner.

»Achtung!«, stieß ich ihn an. Hinter der Tür stand jemand, der nicht bedacht hatte, dass seine Füße einen deutlichen Schatten in der unteren Ritze erkennen ließen. »Jetzt!«, rief ich und Brückner schoss. Der SS-Schalldämpfer ist sein Geld echt wert. Zweimal durch die schöne, alte Holztür. Er rollte sich auf meine Seite und wir tauchten hinter meinen Sommerreifen ab. Ein seelsorgerlicher Erfolg ist ohne Frage, wenn man sieht, wie Lebensängste und blockierende Erfahrungen des Scheiterns in einer

Person zurücktreten und der Klient zu mutigen Schritten über sich selbst hinaus findet, nämlich das anzunehmen und zu bewältigen, was einem aktuell vor die Füße gestellt wird. Dieser Mut sprach jetzt aus Gernots Augen lauter als seine nasse Hose.

»Sie hatte einen anderen«, erzählte er, »nur eine Affäre zwar. Ich hätte kämpfen sollen. Aber sie sagte, sie habe einmal einen Mann gebraucht, um zu merken, welch ein pathologisches Weichei sie geheiratet habe.«

Ich legte ihm die Hand auf die Schulter und Gernot drückte sich ein paar Tränen weg. Er war wirklich ein verschissenes Weichei. Aber sie würde irgendwann wiederkommen, das sagte mir meine Erfahrung.

»Warum verliebt man sich immer in die Falschen?«, fragte Brückner.

»Das gehört zu den Dingen, die uns zu tragen aufgegeben sind.«

»Vielen Dank. Das haben Sie gut gesagt. Aber ich bezweifele, dass Sie wirklich wissen, was das bedeutet.«

In meiner antiken Tür klafften zwei Löcher, dahinter hatte es gerumpelt. Das Auto aber kehrte nicht zurück. Mit Bedacht schlichen wir uns auf den Flur. Das Tier da drinnen röchelte noch und Brückner setzte zum Gnadenschuss an. Ich hob den Zeigefinger vor den Mund und machte ihm ein Zeichen. Brückner nickte und kniete nieder.

»Sie hat die Kinder mitgenommen.« Mit beiden Händen packte er das Tier am Kopf und knickte seine Wirbelsäule mit der Urgewalt des Patriarchen Jakob. »Sie sagt, ich soll wiederkommen, wenn ich ein Mann geworden bin.«

»Sie kommt zu Ihnen zurück, das prophezeie ich Ihnen.«

So tasteten wir uns durch die unterste Etage, zuletzt in mein blutverkleckertes Büro. Jetzt erst sahen wir, dass Brückner den Heini zwar in die Brust getroffen hatte, er aber immer noch vital war und uns hasserfüllt ansah.

»Ihr werdet sterben, Himmelskomiker, alle beide!«

Ich schüttelte den Kopf.

Eckie Gerhard hatte sehr verdienstvoll einen großen Eimer mit dünnflüssigem Weiß bereitgestellt. Den schob ich mit dem Fuß heran und gab Brückner ein Zeichen. Gernot kniete sich hinter ihn, wir hievten seinen Oberkörper hoch und tauchten seinen Kopf in die Farbe. Trotz seines Lungendurchschusses hatte das zappelnde Arschloch noch solche Kraft, dass wir beide sehr zu tun hatten, ihn zu bändigen. Es blubberte im Eimer. Das Blut floss rot aus dem Loch neben dem Schulterblatt. Mit einem Mal schnappte er nach Luft und das Blut wurde rosa. Zuletzt lief die Farbe aus der Schulter. Er erschlaffte sofort.

# 18

In dieser Nacht hielten wir gemeinsam Wache. Gegen Morgen nickte ich ein. Ich hatte nur kurz geschlafen, doch als ich erwachte, saß Gernot bereits in einer meiner Hosen an meinem Wohnzimmertisch und sortierte seine Papiere, als wäre nichts geschehen. Totensonntag, Tag der Entscheidung.

»Laut Polizeibericht war die letzte Nacht ruhig«, sagte er und zwinkerte mir zu. »Grünen Tee?«

Er machte sich, könnte ich dem Ausschuss sagen. Da Frau Ehring mich an die kurze Leine nehmen wollte, musste ich sie sofort über die unwillkommenen Besucher im Pfarrhaus in Kenntnis setzen. Sie hatte eine kurzfristige Sitzung am Sonntagmorgen in der Backstube der Hippels einberufen.

Das fiel nicht auf, wenn man Sonntagfrüh um sieben dorthin unterwegs war. Selbstverständlich hatte die Bäckerei geschlossen, um den Ruhetag zu heiligen, aber das ganze Dorf holte sich das in Tüten bereitgehängte Brot und die Brötchen aus dem Hof vor der Backstube ab. Denn Bäcker Hippel backte immer, Sabbat hin oder her. Es roch noch nach seinem Nachtwerk, das er verrichtet hatte, bevor der Tag anbrach und seine Frau das Kommando übernahm. Die Tür knarrte und ich trat ein.

Zwischen Backofen und Rührmaschine schritt die Vorsitzende auf und nieder und zeigte sich den müden Ausschussmitgliedern außerordentlich zufrieden. »Sie wissen, dass er auf der Kippe stand, ja?« Ihre grauen Augen blitzten mich an. »Meinen Sie, er ist schon so weit, dass wir ihn mal hier alleine …?«

Ich verneinte zu ihrem großen Bedauern. Frau Sauer meldete einen Mann, der statt seines rechten Armes einen Dolch trug. Es schiene ihr, als sei er der Mann fürs Grobe. Im Hintergrund sei ein Mann geblieben im braunen Nadelstreifen und mit dem ganzen Mund voller Gold. Die beiden hätten sich während ihres gestrigen Abendspazierganges bei Frau Sauer nach den Gottesdienstzeiten erkundigt.

»Nun denn«, Frau Ehring schlug mit der Handfläche auf den Tisch, dass das Mehl staubte, »es ist Totensonntag. Da sind Sie als Seelsorger in besonderer Weise gefordert. Der Pfarrer, von dem ich mir wünschen würde, dass er lange lebe, der sollte auch die Aufgabe der Klinikseelsorge in diesen trüben Tagen nicht unterbewerten.«

»Wenn sich eine treue Seele meinen Besuch ersehnt.«

»Oh, ich bin sicher, sie sehnt sich nach Ihnen.«

Ich starrte sie nur an. Ob ich ihr etwa böse sei, wollte sie noch wissen.

War etwa Abimelech persönlich gekränkt, nachdem ihm eine unbekannte Frau den Scheißmühlstein auf den Helm geworfen hatte? Eben nicht. Sondern er hat ums Verrecken nach einer verschissenen Lösung gesucht. »Nein, nein, auch ein Pfarrer muss gerne Kritik und Anregungen aus der Gemeinde annehmen«, säuselte ich mit der Stimme eines kastrierten Sozialpädagogen. Die gehörte seit zehn Jahren zu meiner zweiten Natur. Dass niemand in einen Pfarrer hineinblicken kann, machte sie zu perfekten Mafiosi. Langsam kehrte ich wieder heim, wünschte unterwegs zehnmal guten Morgen allen, die an diesem trüben Novembermorgen zur eigentlich geschlossenen Bäckerei tigerten. Wehe, du grüßt hier nicht! Dann kannst du dich gleich einsargen lassen.

»Sagen Sie, lesen Sie die Bibel?«, fragte ich Brückner, als ich heimkam. »Ich war Brötchen holen.«

Gernot lag auf meinem Sofa und stöberte im Neuen Testament. Er schien fasziniert. Immerhin hatten wir gerade gemeinsam dem Tod ein Schnippchen geschlagen.

Ach, wie flüchtig, ach wie nichtig ist der Menschen Leben! Wie ein Nebel bald entstehet und auch wieder bald vergehet, so ist unser Leben, sehet! Wir reißen auch immer mit dem Arsch ein, was wir mit den Händen aufgebaut haben. Ich hätte besser planen sollen für den Moment, meine Scheißzelte abzubrechen.

»Ich habe eine E-Mail bekommen. Unser Labor hat den Kaugummi untersuchen lassen.«

»Und wissen Sie jetzt, wie der Mann hieß, den wir den Tieren des Waldes überlassen haben?«

»Das Kaugummi stammt nicht von ihm.«

»Von einem der anderen Herren, die es sich in meinem Büro bequem gemacht hatten?« Ihre Namen hatten wir nie erfahren.

Brückner schüttelte den Kopf.

»Dann sind wir so klug wie zuvor.«

»Nein, einen Namen gibt es schon. Aber besser, Sie setzen sich erst einmal hin.«

Ich folgte seinem Vorschlag.

»Das Kaugummi stammt von einem richtigen Schwergewicht, wenn auch vor vielen Jahren. Hat zugleich eine Rehabilitation durchlaufen, die als vorbildlich galt. Vor viereinhalb Jahren wurde er entlassen. Gute Führung. Hat Reue gezeigt, nachdem er im Vollzug sein BWL-Studium beendet hat. Er hat sich dann politisch engagiert und über die Bewährung eine Stelle im Wirtschaftsministerium bekommen, nach der sich andere die Finger lecken. Und er hat die Chance genutzt und eine steile Karriere gemacht.«

»Sie müssen ihn verhaften!«, rief ich etwas zu hektisch. Innerlich fluchte ich auf Direktor Gutmüller und seine ganze Thüringer CDU, denn mir wurde klar, mit wem ich es noch zu tun bekam.

»Ohne Leiche? Ohne eine Beziehung zum Geschädigten? Den Referenten des Wirtschaftsministers?«

»Wird schwierig, oder?«

»Unmöglich. Selbst wenn sie ihn den einarmigen Banditen nennen.«

Es will etwas heißen, wenn mir ein Name Angst einjagt. Dem plötzlichen Abschied von Eckie Gerhard zufolge weilte er schon unter uns und von seinen speziellen Fähigkeiten hatte er nichts verlernt.

Da klingelte es.

***

Als die Damen mir damals im Knast das Angebot unterbreitet hatten, nach Düsterorda zu wechseln, da habe ich sie bewusst nicht spüren lassen, wie gerne ich ihnen zugesagt habe. Bevor ich aber meinen Schreibtisch in der JVA Suhl räumen konnte, gab es noch etwas zu erledigen. Leider.

Denn just ein paar Tage vorher war ein kleines Männchen, Winnie der Koch, zu mir in meine beschissene Sprechstunde geschlichen; er steckte in dem blauen Overall, den im Knast alle trugen, aber ihm hing der Arsch bis zu den Knien. Blassgelbe Haut und so ein schwarzes Bärtchen, das nur aus wenigen langen Haaren bestand. Ein Typ, den man durchaus hätte bemitleiden können, wenn man nicht gewusst hätte, dass er seine Mutter erwürgt hatte.

Nach jahrzehntelangem Zusammenleben hatte sie auf die Entscheidung gedrängt, dass er sein Leben, wenn er es schon nicht in die Hände einer anderen Frau legen wollte, nun wenigstens in die eigenen Hände nehmen sollte. Nichts weiter hatte er versucht und Hand angelegt an die Frau seines Lebens, genauer: an die Frau, die sein Leben zu dem gemacht hatte, was es war, durch ihre beständigen Nörgeleien und den theatralisch vorgebrachten Vorwurf, mit ihm habe man ihr einen Wechselbalg in die Wiege gelegt. Man musste sich fragen, ob sie der Teufel geritten hatte.

Hätten sie nicht irgendwann seine Wohnung aufgemacht und ihn mit der Leiche seiner Mutter erwischt, würde er vergnügt und glücklicher denn je von ihrer Rente leben, und da sie nicht gestorben wäre, also offiziell, vermutlich auch noch heute. Und wenn der Landrat zum Hundertsten gekommen wäre, hätte Winnie gesagt, seine Mutter wäre fischen.

Stumm nahm er mir gegenüber Platz. »Herr Pfarrer, ich weiß, sie sind ein gerechter Mann«, begann er mit geschwollenem Hals und eröffnete mir ein Martyrium, bei dessen Ausmaßen mir übel wurde. Und diese Übelkeit war mehr als die übliche seelsorgerliche Betroffenheit – das können Sie mir glauben.

Anscheinend erregte es Eugen, den kleinen Mann zu demütigen, ihn zu zwingen, den Dreck von seinen Schuhen zu essen, das Gehirn der toten Tiere zu löffeln, die in der Knastküche verarbeitet wurden, und sich mit der Galle einzureiben, während er wichsend dabei zusah. Nun, bei Fehlverhalten der Kantoren ist die Kirche nicht ganz so streng, was in erster Linie an den privatrechtlichen Dienstverhältnissen liegt, welche die Aufsichtsmöglichkeiten etwas einschränken. Aber wenn sie kleine Männer zwingen, sich mit der Galle von Pferden, Eseln und Ochsen den Bauch einzuschmieren, während sie völlig zugekokst den anderen in die Suppe onanierten, da vergeht es einem und dann ist man nicht nur seelsorgerlich gefragt. Ich bewunderte Winnie, dass er trotz meiner offensichtlich dicken Verbindung zu Eugen Kohlschuetter den Mut fand, mit mir darüber zu reden. Je länger er erzählte, desto sicherer wurde mein Entschluss, dass ich die Hierarchie im Gefängnis ein wenig durcheinanderwerfen musste.

Eugen hatte die beste Laune, als er in die Küche kam. Dass ich dort wartete, brachte ihn etwas aus dem Konzept. Ich sah darüber hinweg und wunderte mich lieber laut: »Nanu, dabei gibt es doch heute wieder diese Bohnensuppe, aus der du dir nie etwas machst.«

Eugen fing sich rasch. »Der Mensch lebt nicht vom Brot allein. Außerdem verwöhnt mich Winnie an solchen Tagen immer besonders.«

Klugscheißer! Naseweiß! Würde Winnie doch seine Nase zertrümmern! Da war etwas in seinem Blick – und nicht nur das Kokain – das mir deutlich machte, dass mein Einfluss auf ihn im Schwinden begriffen war. Ich musste dringend lernen, Konflikte in Zukunft rechtzeitig anzugehen, damit ihre Lösung nicht immer so an die Substanz ging.

Kurz umriss mir Eugen eine geniale Strategie, wie wir beide uns in Zukunft ohne Provisionen für irgendeinen schwarzen Hintermann um die Versorgung der Haftanstalt kümmern konnten. Über die Fleischerei des Herrn Direktor Gutmüller.

Eugen verfügte neuerdings über gutsituierte Freunde in Albanien, die regelmäßig einen alten Esel erübrigen konnten. Und was so ein Wiederkäuer in seinem Magendarmtrakt trug, interessierte die Einfuhrbehörden wenig. Ja er hätte bereits ein paar Leute im Auge, die ihm dabei trefflich zur Hand gehen würden, die interne Distribution zu verantworten – unter seiner Führung, selbstredend. Der erste Esel sei bereits eingetroffen und nach dem Frühstück zerlegt worden. Meine Hilfe könnte nach wie vor darin bestehen, Kollekten nach draußen zu bringen. Aber da der Kontakt zu meinem Verbindungsmann wegfalle und ich in Zukunft keinen Stoff mehr hineinbringen müsste, wäre wohl klar, dass mein prozentualer Anteil von betrieblichen Kürzungen nicht verschont werden könnte.

# 19

Ich lehnte ab und Eugen sah mich belämmert an, als hätte ich einen Plan des weisen Ahitophel in den Wind geschlagen. Das würde böse enden. Hör auf mit dem verfickten Wirtschaftsgequatsche, dachte ich, du weißt wohl nicht, wer hier Koch ist und wer Kellner. »Ich denke, ich werde heute hier ebenfalls mal in den Kochtopf schauen.«

Eugen erschrak und versuchte mir stattdessen einzureden, mir hätte die Bohnensuppe doch bislang immer gemundet. Für ihn und Winnie hingegen würden sich da unten heilige Momente abspielen und wenn ich nicht meinen Organisten verlieren wollte, dann müsste ich ihm eben auch künstlerischen Freiraum und Zeiten der Inspiration einräumen. Er konnte schlecht verbergen, dass eine Aggression in ihm hochkochte.

»Ich weiß, was du mit Grinsebacke gemacht hast«, warnte er mich ganz unverhohlen.

»Lass uns die Dinge lieber getrennt diskutieren«, bat ich ihn. Aber es war kein Rankommen an ihn, obwohl jedem Idioten klar sein musste, dass man bei der Klärung bestimmter Problemlagen nicht mit gegenseitigen Vorwürfen agieren sollte, die nur dazu führen, dass sich die Situation im Kreis dreht, bis irgendwann kein Gespräch mehr möglich ist. Und dann wird es persönlich. Eugen war schneller an dem Punkt, als ich dachte.

»Es bringt nichts, mit dir zu diskutieren. Immer bist du der unschuldige Herr Pastor und ich bin der Verbrecher.«

»Das ist eine Verallgemeinerung«, stellte ich fest, während Winnie nervös von einem Bein auf das andere trat. Anstatt, dass der Pfarrer ihm beisprang, musste er erleben, wie jener mit Eugen über die Neuaufteilung des Drogengeschäfts verhandelte! Wusste Eugen nicht, dass seelsorgerliche Angelegenheiten für mich sensibel waren? »Wo habe ich es denn an Wertschätzung fehlen lassen, für deinen Dienst?«, fragte ich, um von der Vorwurfsschiene langsam herunterzukommen und Eugen wieder lösungsorientiert zur Sache zu bringen, zumindest solange Winnie dabeistand und nicht wusste, wie ihm geschah.

Es ertönte ein dumpfer Glockenton hinter Eugen, der für einen Augenblick auf andere Weise unter Strom stand als bisher. Winnie hatte ganz offenkundig beschlossen, wenn weder Gott noch sein Bodenpersonal ihm hülfen, dann müsse er wohl wieder einmal das Schicksal in die eigene Hand nehmen. So hatte er Eugen eine große Pfanne über den Schädel gezogen. Doch das Muttersöhnchen hatte nicht genug Kraft in seinen Schlag gelegt und Eugen, der hart im Nehmen war, wankte nur kurz, drehte sich um und hob Winnie am Kragen in die Luft.

Er stellte Winnie neben den großen Anstaltskochkessel auf die stählerne Arbeitsfläche und befahl ihm, sich auszuziehen; mich hielt er mit einem Schinkenmesser in Schach. »Bloß nicht einkacken!«, rief er Winnie zu. »Ich habe noch etwas mit dir vor.« Er öffnete schon einmal den Kessel, Winnie sollte riechen, was da auf ihn zukäme.

Winnie, den seine strenge Mutter sehr zur Keuschheit erzogen hatte, litt mehr darunter, sich zu entblößen, als an der Erwartung dessen, was da kommen mochte. Wirklich, er war so verklemmt, neben ihm sah eine Schar Mekka-Pilger schamloser aus als DDR-Urlauber im Ostseebad Prerow.

Ich trippelte einige Schritte rückwärts, bis ich mit dem Arsch an die Arbeitsfläche stieß, wo Winnie die Fleischabfälle aus der Gefängnismetzgerei zurechtgemacht hatte, um sie für die Brühe auszukochen, Knochen, Sehnen, Innereien, ein Schweins- und ein Eselskopf. Meine Sehnsucht ging heimwärts zu Tante Betty und ihren Messern. Irgendwo musste hier etwas Ähnliches liegen. Ich drehte mich um, hob den Schweinskopf und warf ihn auf Eugen, der mein Geschoss mit links abwehrte.

Ich deckte Kohlschuetter mit Herz und Nieren ein, traf ihn mit einer Leber ins Gesicht, was ihn alles weder schmerzte noch bremste. Mehr und mehr wurde ihm klar, dass ich in Kürze eine bessere Waffe zur Hand hätte, wenn er mich gewähren ließ. So vertraute er darauf, dass Winnie alleine zurechtkommen würde, beschloss, sich um mich zu kümmern, und umklammerte zu diesem Behuf den Schaft seines Schinkenmessers. Mit zwei Ausfallschritten sprang er in meine Richtung und wollte am wenigsten Rücksicht auf meine Gesundheit nehmen.

Da ich selbst kein Messer fand, focht ich mit dem Unterkiefer eines Esels, dem Totschläger von Mutter Natur. Damit wehrte ich den ersten Stoß ab. Eugen war überrascht, dass die Klinge an dem Knochen abrutschte, und verlor einen Moment das Gleichgewicht. Ich boxte ihm mit dem Backenknochen voll auf den Solarplexus. Noch ehe sich Eugen berappeln konnte, sprang ihm Winnie ins Genick, nur mit Tennissocken bekleidet aber mit dem Mut der Verzweiflung. Eugen stach wie ein Bekloppter auf Winnies Schenkel ein, doch Winnie kratzte und biss und zwang Eugen, einen wilden Tanz aufzuführen, der ihn abschütteln sollte. Ich fiel Eugen in den Arm. Das beendete seine Versuche, Winnie abzustechen, aber das Messer entwinden konnte auch ich ihm nicht, denn Eugen blieb ein verdammter Bär. So stand es unentschieden.

Jemand hatte vergessen, die große Knastfritteuse auszuschalten. Oder vielleicht hatte sie Winnie extra für Eugen angemacht, weil ihm die Suppe ja nicht bekam. Eugen versuchte, mich in diese Richtung zu drücken, und hatte mich fast eingeklemmt zwischen seinem muskulösen Körper und dem Edelstahl der Fritteuse, was ihm gar nicht so leicht fiel, denn mit Winnie auf dem Rücken hinkte und schnaufte er wie ein Baalspriester. Bewundernswert war es schon, wie er Kratzen, Beißen und die Schläge auf sein Ohr einfach wegsteckte.

Statt mich nun selbst in Richtung des siedenden Fetts drücken zu lassen, versuchte ich, Eugens Arm in Richtung des Öls zu bewegen. Was mir nie gelungen wäre, wenn Eugen nicht in diesem Moment auf einem Schweinenierchen ausgerutscht und mit dem Kinn auf der Fritteuse aufgeschlagen wäre – und wie zum Echo krachte Winnie mit seinem Schädel auf Eugens Hinterkopf.

Ich umklammerte weiter seinen Arm und drückte ihn in das Fett. Sofort stiegen wilde weiße Bläschen auf. Das weckte ihn aus dem Tiefschlaf. Er schrie und packte mich mit der Linken im Nacken, offenbar wollte er das Rezept nun einmal mit meinem Kopf versuchen. Winnie zog ihm erneut die beschissene Pfanne über den Schädel, jetzt mit Praxiserfahrung und einem leichten Adrenalinrausch, und siehe da, Eugen verlor wieder das Bewusstsein. Durch meinen Gegenstoß mit der Schulter geriet sein Arm nur noch weiter in das Fett. In kürzester Zeit stachen Elle und Speiche goldgelb und knusprig aus ihm heraus. Damit könnte er in Zukunft immerhin noch die Triangel schlagen. Mit Blick auf den schwer Verletzten warnte ich Winnie: »Wenn dich deine rechte Hand zum Abfall verführt, so hau sie ab und wirf sie von dir. Es ist besser für dich, dass eins deiner Glieder verderbe und nicht der ganze Leib in die Hölle fahre.«

Winnie bekam meinen seelsorgerlichen Rat in den falschen Hals und verstand ihn als Warnung, nie irgendwem von Eugens und meiner gemeinsamen Geschichte zu erzählen, woran er sich hielt, als hinge sein Seelenheil davon ab. Eugen hatte Glück. Die Ärzte vollbringen heute wahre Wunder. Sie konnten den Oberarm retten und sogar einen Teil des anschließenden Gelenks.

Von Winnie bekam ich später manchmal Post aus dem Gefängnis. Von ihm erfuhr ich, wie sich die Rangordnung veränderte, nachdem Eugen amputiert war. Es war nun gerade nicht so, dass sich lediglich ein oder zwei Stärkere an ihm vorbeigeschoben hätten – oder besser gesagt: Fritte, wie sie Eugen im Knast riefen, nachdem er in der

Fritteuse getaucht hatte. Er war so konsterniert und seiner Würde beraubt, dass er froh war über die Aufmerksamkeit des geringsten Geschöpfes, das Thüringen je gesehen hat: Grinsebacke. Ihm schwor er ewige Treue und Dank für seinen Schutz. Und in seinem Windschatten arbeitete er sich wieder vor. Grinsebacke setzte ihn mit seiner ungezügelten Wut derweil für eigene Ambitionen ein – als seine rechte oder besser seine linke Hand.

Die beiden gehörten von dem Tag an untrennbar zusammen wie Bürgersteig und Hundescheiße; und Fritte blieb Grinsebacke selbst dann noch verbunden, als er selbst schon politische Karriere in Erfurt machte und jener nach Hamburg gezogen war, wo er als neuer starker Mann der JVA Suhl in bestimmten Kreisen auf sich aufmerksam gemacht hatte und nach der Entlassung, zur tiefen Freude Direktor Gutmüllers, eine bürgerlich-anständige Stelle bei irgendeinem beschissenen Maklerbüro bekam.

Es ist nicht immer die Liebe, die Paare beieinander hält. Manchmal kann es auch einfach der gemeinsame Wunsch nach blutiger Rache sein. Ich konnte es mir an einer Hand abzählen, dass sie den Moment ihrer Rache gekommen sahen, als es an jenem Sonntagmorgen am Pfarrhaus klingelte.

# 20

»Nicht!«, hielt ich Brückner zurück, der gleich aufspringen wollte, nachdem er die Klingel gehört hatte. Die Küche ging zur Straße raus und da habe ich mal einen kleinen Spiegel angebracht, um besser sehen zu können, wer unten angeschissen kommt. Bewährter Pfarrertrick. Was als Abwehr gegen nervige Tanten gedacht war, bewährte sich an Tagen wie diesen auch gegen Killerkommandos. Der Blick auf die Straße zeigte ein gutes Dutzend Bewaffneter.

Die Einwohner Düsterodas verhielten sich still. Wie gesagt, das tun sie immer, wenn noch nicht absehbar ist, wer gewinnt. In diesem Fall war zu vermuten, dass sich die Loyalität mit dem Ortspfarrer rasch erschöpfen würde. Brückner und ich hetzten durch das Obergeschoss, meine Wohnung, und zogen überall die Vorhänge zu. Ich war sicher, dass auf dem Dach gegenüber oder im alten Schulgebäude Schützen ihre Posten einnahmen. Von der Zurückhaltung der Dorfbevölkerung ermutigt, gaben sie sich keine Mühe, ihre Absichten zu verbergen, und brüllten ihre Kommandos über die Straße.

»Das sind echte Gangster«, stotterte Brückner, »… von der Reeperbahn. Wenn sie nicht im Krieg sind für irgendeinen privaten Sicherheitsdienst, dann tragen sie ihre Haut in Hamburg zu Markte.«

Er hatte einen guten Blick. »Wie viele?«

»Zehn oder zwölf, vielleicht.«

Ein großer schwarzer BMW fuhr über die Straße und blieb vor dem Pfarrhaus stehen. Der Fahrer selbst stieg aus und ging einmal um den Wagen herum. Dann begann er zu rufen und es ertönte eine Stimme, die mir nur zu vertraut war. Seine Schritte hallten auf der Straße.

»Bruder!«, schrie Eugen »Fritte« Kohlschuetter. »Wie lange haben wir uns nicht gesehen! Wie lange ist es her, dass du flohest aus dem verheißenen Lande?«

Ich konnte seine Konturen ausmachen, wenn ich durch den Vorhang meines Küchenfensters blickte.

»Das ist Dr. Kohlschuetter«, sagte Bruder Brückner bibbernd und verzog sich wieder in seine Ecke.

»Der ist kein echter Doktor«, flüsterte ich Gernot zu und trat noch näher an das Fenster. »Du bist nicht mein Bruder!«, schrie ich hinaus. »Mein Bruder ist tot!«

Fritte winkte mir zu mit seinem versehrten rechten Arm. »Heute ist Totensonntag. Du weißt, was das heißt.« Er ging langsam auf und ab, wohl wissend, dass ein einziger Schuss auf ihn auch unser sofortiges Ende besiegeln würde. Angesichts meiner Lage spielte er dennoch mit dem Feuer. Oder kannte er mich so gut, dass ich mich nicht opfern würde, um ihn mit in den Tod zu reißen?

»Wie lange braucht Ihr SEK, bis es hier ist?«, zischte ich Brückner zu.

»Am Sonntagmorgen? Erst mal muss ich einen Staatsanwalt erreichen.« Brückner überlegte.

Fritte kostete weiter die Situation aus. »In gut zwei Stunden machen sich die Menschen hier auf zum Gottesdienst. Da wollen wir nicht, dass jemandem etwas passiert. Mein Vorschlag: Trinkt noch einen Tee. Esst noch ein Solei. Sprecht eure Gebete. Und dann verlasst das Haus und sterbt wie Männer!«

Brückners Gesicht war weiß wie die Gipfel des Hermon. »Ich würde sie jetzt anrufen. Trotz allem … Aber sie werden nicht kommen. Das wird nichts, nicht rechtzeitig. Sie grillen uns, sie … Und wenn die Kollegen kommen, dann erst mal mit ein paar Streifenwagen. Großer Gott, Thüringen ist doch nicht New York, wo ständig eine Elitehundertschaft auf der Lauer liegt. Im Gegenteil. Alle verfügbaren Kräfte waren letztes Wochenende bei den Naziumzügen zum Volkstrauertag aktiv. Und nächsten Sonntag spielt Erfurt gegen Jena – wir kriegen jetzt einfach keine Unterstützung. Die Beamten haben frei.«

»In Ordnung!«, rief ich. »Halb zehn!«

»Ich parke schon mal drüben bei der Kirche«, schrie Fritte. »Es wäre ja schade um den schönen Wagen.«

Draußen lief der Präsident des Schützenvereins vorbei mit seinem verfluchten Terrier, aber er tat, als ginge alles seinen gewohnten Gang.

Ich setzte mich kurz neben Brückner und legte die Hand auf seine Schulter. »Ruhig«, sagte ich. »Keine Angst. Wenn auf niemanden sonst Verlass ist: Ich weiß doch, an wen ich mich wenden kann. Ich weiß, wen ich anrufen kann, der uns nicht im Stich lässt.«

Brückner sah mir einen Augenblick zu lange ins Gesicht und heulte vor Dankbarkeit, ich hätte ja so recht. Seine Tränen versiegten rasch, als er auf die Knie sank und betete. »Höre, Gott, meine Stimme in meiner Klage, behüte mein Leben vor dem schrecklichen Feinde. Verbirg mich vor den Anschlägen der Bösen, vor dem Toben der Übeltäter, die ihre Zunge schärfen wie ein Schwert, mit ihren giftigen Worten zielen wie mit Pfeilen, dass sie heimlich schießen auf den Frommen; plötzlich schießen sie auf ihn ohne alle Scheu …«

Während Bruder Brückner noch psalmodierte, legte ich im Wohnzimmer bereits den Hörer wieder auf und genehmigte mir einen ordentlichen Schluck Single Malt. Nein, sagte ich mir, noch würde ich das Versteckspiel nicht aufgeben. Noch würde ich nicht einbrechen. Nicht solange *sie* lebte. Eine Stunde blieb mir noch, die Zeit war knapp, aber die Straßen waren frei am Sonntagmorgen. Ich stellte den Single Malt wieder in den Schrank und setzte neues Teewasser auf.

***

Ein paar Monate vorher hatte Jaqueline mir ihr neues Tattoo gezeigt. Es sollte wohl eine Überraschung für mich sein. So lag sie da auf dem Bauch, wie zufällig, ganz nackt auf dem roten Bett. Ich sah es gleich. Ich setzte mich zu ihr auf das Bett. Ein Pegasus-Fohlen zwischen ihren Schulterblättern. Ein beschissener Kitsch. Ich sagte ihr, vorher habe sie mir besser gefallen. »Warum machst du dich kaputt? Lässt dich kaputt stechen?«

Es war nicht einmal eine Sekunde, in der Jaqueline so aussah, als hätte ich ihr wehgetan. Dann lachte sie wieder, setzte sich zu mir. »Fragt der Richtige«, antwortete sie und kraulte meine Eier.

»Hör auf damit«, sagte ich.

»Womit?«

»Mit den Tattoos.«

»Du kannst mich mal.«

Zwei Wochen später hatte sie den ganzen Rücken verbunden. Blutige Landschaften. Und eine fliegende Einhornstute zu dem Fohlen, dazu ein irischer Kobold mit Glückstopf.

»Fehlt nur noch ein beschissenes Hello Kitty«, meinte ich. Aber gelacht hat sie da nicht.

***

»Sind hinten auch …?«, fragte Brückner.

Ich nickte bloß. »Fürchte dich nicht, denn derer sind mehr, die bei uns sind, als derer, die bei ihnen sind!«

Brückner hatte die Bibel auf den Küchentisch gelegt. »Ich möchte auch ein Christ werden, wie Sie einer sind.«

»Das möchten Sie ganz sicher nicht.«

»Oh doch. Es ist mir ernst. Mir ist schon klar geworden, dass es auch Schattenseiten gibt. Die Leichen im Keller.«

Ich goss den Tee auf. »Die Tiefen meines Kellers haben Sie nie erkundet. Aber mein Glaube ist schwach, Gernot. Das will ich Ihnen gestehen.«

»Sie müssen sich dem allen stellen. Auch Heilige haben einen Keller, glauben Sie mir. Holen Sie das Verdrängte hervor und Sie werden sehen, wie es heilt. Dieser Karton mit Ihren Familienbildern, von dem Sie erzählen, muss er nicht da unten noch stehen? Ihre Integrität kann niemand bezweifeln. Und Sie schenken mir eine Stärke, die ich nie gekannt habe.«

»Schon möglich«, wand ich mich und war drauf und dran, ein Geständnis abzulegen, schon weil ich sein Gesülze in meiner Situation kaum ertragen konnte. Ich hätte nie von dem Karton anfangen dürfen. Aber wenn man zusammen gemordet hat, ist das wie ein unsichtbares Band. Ich rang nach Worten. »Wenn man seinen Glauben erst einmal verloren hat, kommt er auch nicht dadurch wieder, dass man all die guten Argumente dafür kennt oder von ihnen redet.«

Brückner strahlte über das ganze Gesicht. »Interessanterweise ist es umgekehrt genauso, wenn man den Glauben gewinnt.«

»Und die Kirche? Ist sie kein Mafiaverein?«, fragte ich und muss ihn wohl etwas belustigt angesehen haben.

»Natürlich ist sie das«, meinte er und zwinkerte vergnügt. »Und vielleicht – kleiner Spaß – werde ich Sie irgendwann verhaften. Aber bis dahin habe ich gelernt zu unterscheiden.«

»Was?«

»Nicht die Gläubigen müssen perfekt sein. Das sind sie nie, da können Sie bei jeder Weltanschauung fragen. Aber Gott! Wenn es einen gerechten Gott gäbe, das würde mir reichen.«

»Was soll das heißen?«

»Herr Pfarrer, ich bitte Sie um die Taufe.«

# 21

Kurz vor halb zehn gingen zwei bewaffnete Männer auf den Eingang des Pfarramtes zu. Sie trugen je eine Kalaschnikow auf dem Arm und eine über der Schulter. Brückner und ich hatten uns die verfügbaren Waffen aufgeteilt und ich kam gerade noch aus der Garage, wo ich Diesel gezapft hatte, mit dem wir den Flammenwerfer von der Wehrmacht wieder in Gang bringen konnten.

Brückner hatte ihn in der ersten Begeisterung über die Knarren für einen alten Staubsauger gehalten und den armen Kerl einfach übersehen. Nun stand der FmW 41 an der Treppe und brannte darauf zu zeigen, was in ihm steckte. Leicht könnte er die ersten fünf erledigen, wenn sie denn gleich zu fünft kämen. Nur dass wir dann in einem brennenden Haus hockten. Aber man muss lernen, die Probleme nacheinander zu lösen, immer dann, wenn sie sich stellen. Ich wartete auf Hilfe wie König Ahab auf den Regen.

Kein Lüftlein rührte sich. Zum ersten Mal standen die Wipfel Düsterodas, als wollte die ganze Schöpfung erleben, wie sich dieser Kampf entschied. Mit dem zweiten Glockenschlag entsicherten sie die Sturmgewehre und schossen die Wand und die Fenster der Gemeinderäume im Erdgeschoss kaputt. Nacheinander ballerten sie ihre

Waffen leer. Die Tür zerbröselte, als die Kugeln sie durchsiebten. Als das Werk vollbracht war, schritten sie wieder in Deckung.

»Jetzt wollen sie hier rein.«

Der Geschosslärm gellte mir in den Ohren, sodass ich ein leichtes Brummen erst nicht für voll nahm, ein Brummen von ferne, aber es kam näher. Aus der Deckung der Küche gaben Brückner und ich jeweils einen Schuss ab, der aber vom gegenüberliegenden Gebäude mit einer Salve beantwortet wurde. Wir kauerten uns in die Ecken und ich spürte nur, dass das Brummen langsam zunahm und dass es böse klang.

Die ersten von den Söldnerwichsern mussten jetzt schon vor der Haustür stehen. Auf allen vieren kroch ich zum Treppenhaus, um den Flammenwerfer fertigzumachen. Denn siehe, es kommt ein Tag, der brennen soll wie ein Ofen. Da werden alle Verächter und Gottlosen Stroh sein und der kommende Tag wird sie anzünden, spricht der HERR Zebaoth, und er wird ihnen weder Wurzel noch Zweig lassen. Euch aber, die ihr meinen Namen fürchtet, soll aufgehen die Sonne der Gerechtigkeit und Heil unter ihren Flügeln. Und ihr sollt herausgehen und springen wie die Mastkälber. Ihr werdet die Gottlosen zertreten; denn sie sollen Staub unter euren Füßen werden an dem Tage, den ich machen will, spricht der HERR Zebaoth.

Um den Auslöser des Flammenwerfers mit der Zündpatrone zu betätigen, braucht man ruhige Hände. Und man darf es keine Sekunde zu früh tun; lieber zu spät, dann würde keiner entwischen, und es wäre sowieso das Letzte, was ich täte, und so würde ich durch meinen Tod mehr Feinde besiegen, als es mir zu meinen Lebzeiten möglich war.

Im Flur Schritte. Unsichere Sohlen auf dem knirschenden Schutt, den die Kugeln der Kalaschnikows von den Wänden getrommelt hatten. Mit geschlossenen Augen versuchte ich mich auf das Geräusch zu konzentrieren, das immer mehr von wütendem Brüllen überlagert ward. Aber es waren keine Männer, die draußen brüllten. Das waren Motoren. Der teils heisere, teils hysterische Lärm, das Heulen und Fauchen und Grölen, türmte sich auf und ließ auch die Männer im Erdgeschoss von ihrem Vormarsch absehen. Sie rückten nicht weiter voran, sondern orientierten sich wieder nach draußen.

»Samuel! Herr Pfarrer!«, rief Bruder Brückner aus der Küche. »Sie glauben nicht …«

Und dann glaubte ich doch. Die Hölle hatte ihre Pforten aufgetan und ihre Engel als Rächer geschickt. Die Reiter der Apokalypse hatten es nach Düsteroda geschafft wie ein Schwarm wilder Bienen.

Meinem Täufling gegenüber betonte ich, wie sich Bonhoeffer immer wieder bewährte, wenn er sagte: »Ich glaube, dass Gott aus allem, auch aus dem Bösesten, Gutes entstehen lassen kann und will. Dafür braucht er Menschen, die sich alle Dinge zum Besten dienen lassen. Ich glaube, dass Gott uns in jeder Notlage so viel Widerstandskraft geben will, wie wir brauchen. Aber er gibt sie nicht im Voraus, damit wir uns nicht auf uns selbst, sondern allein auf ihn verlassen.«

Das Wüten und Fauchen stammte also von fünfundzwanzig Harley Davidson und ihre Fahrer, direkt aus der

Hölle, schossen und die Bräute, die sie hinten drauf hatten, schossen auch. Sie waren nicht besonders treffsicher, aber sehr eindrücklich. Ich ruckte mir unter Ächzen den Flammenwerfer auf die Schultern und lief im Feuerschutz meiner Rockerfreunde in das alte Schulhaus gegenüber, das bald nur so loderte. Vom Dach sprang ein Schütze, brach sich beide Beine und bekam von Brückner aus dem Küchenfenster einen Kopfschuss verpasst.

Mittlerweile, da die Zahl der Angreifer sich halbiert hatte, wachten die Düsterodaer auf und registrierten, dass eine Schlacht tobte, wie es sie nur alle paar Generationen einmal gab, die das geschlossene Einstehen der Dorfgemeinschaft im Sinne ihrer gemeinsamen Traditionen und Werte erforderte. Die Aktiven des Schützenvereins riefen eine Sondersitzung ein und ließen es sich eine Ehrensache sein, der örtlichen Kirchgemeinde unter die Arme zu greifen. Rocker und Schützen durchkämmten von beiden Seiten die Häuser der Straße und bald lagen neun Leichen nebeneinander, dazu die sterblichen Überreste von zwei Düsterodaer Schützen und sieben Rockern. Sie hatten tapfer gekämpft.

»Immer wieder. In alter Treue«, verabschiedete sich Manfred von den Saale Angels und umarmte mich kräftig und die Dorfkapelle blies. »Ich hatt' einen Kameraden«, und ich, ich schlug das Kreuz über jedem der Toten, als ich die Strecke abschritt. Meine Besorgnis wuchs nun mit jedem Leichnam, den ich passierte, weil meine Hoffnung, Fritte und Grinsebacke unter ihnen zu finden, schwand und zuletzt zerplatzte.

Von der Polizei war weiter nichts zu sehen; dafür war die Freiwillige Feuerwehr sofort zur Stelle, löschte das Schulhaus und begann Hand in Hand mit den alten Herren vom FC Schwarz-Gelb Düsteroda die Leichen fortzuschaffen. Die Feuerwehren auf dem Dorf haben nicht diese Beamtenmentalität, sondern die kommen, wenn sie gebraucht werden. Blöd, dass ich sie nicht noch in Richtung meines Kellers gewinkt habe.

Für den toten Matthias Speyer im Putzschrank der Friedhofskapelle sollte es jetzt auch eine Lösung geben, aber da müsste ich mich schon mit Bruder Brückner drum kümmern, denn der trug ja mit daran. Ich versprach den Kameraden von der Feuerwehr, wenn demnächst ein neues Einsatzfahrzeug angeschafft würde – vielleicht bekäme die Kommune ja dieses Jahr noch einen unerwarteten Zuschuss –, dann würde ich kommen und einen Segen sprechen. Das Geld wäre gut angelegt, das sollte auch dem Ausschuss klar sein.

Bis auf Schul- und Pfarrhaus waren die Gebäudeschäden gering. Der Einsatzleiter der Feuerwehr erklärte mir, dass die Gasexplosion in der alten Schule eine solche Wucht freigesetzt hatte, dass es ein Wunder sei, dass das gegenüberliegende Haus überhaupt noch stünde; das Beste sei ein Abriss, bevor langwierige Untersuchungen einsetzten und nervige Gutachter hindurchgeführt werden müssten.

»Sie hatten mehr als einen Schutzengel, Herr Pfarrer.« Er blickte anerkennend zu mir auf und versprach, dass sich die Versicherung um alles kümmern werde. Frau Ehring äußerte die Meinung, man müsse die kirchlichen Versicherungen nicht unbedingt bemühen, der Gemeinde stünde vielmehr aus der Forstwirtschaft ein Fonds zur Verfügung, der für solche Kalamitäten in Anspruch zu nehmen sei.

Nur für einen Augenblick wurde alles still, als sich die Tür meines Nachbarhauses öffnete und, mit dem Stock vorsichtig tastend, Tante Betty auf die Straße trat. Sie besaß zwar einen gesegneten Schlaf, aber als sie nun aufstand, um sich für den Kirchgang zu rüsten, weckten der Brandgeruch und das Trauerzeremoniell der Bläser Erinnerungen an böse Zeiten, als sie noch »in Stellung« war in Frankfurt am Main. Frau Ehring fiel ihr in den Arm und versicherte ihr, dass sie sich keine Sorgen machen müsste, nur habe es in der Schule gebrannt und der Gottesdienst wäre aufgrund der Ereignisse auf den Nachmittag verlegt worden. »Stimmt doch, Herr Pfarrer.«

»Ja, Tante Betty«, rief ich eifrig, »Bruder Brückner und ich kommen gleich zu Ihnen, dass wir ein Gebet sprechen und Ihnen alles berichten können.«

Betty nickte und zog langsam die Tür hinter sich zu.

Brückner verpasste die Feierlichkeiten. Ich fand ihn in meinem Wohnzimmer, wo er eine Privatparty mit meinem Single Malt abhielt. Stiller Genießer. Er goss mir ein mittleres Saftglas ein und wir stießen an. »Wahnsinn«, wiederholte Brückner immer wieder, »Wahnsinn!«

»Und Sie haben auch fleißig geschossen?«, fragte ich dazwischen.

»Will ich meinen.« Er grinste. »Bei den Söldnern von der Reeperbahn hatte ich weniger Kriegsglück, da blieb es bei zweien. Aber dafür habe ich von den Motorradfahrern gleich fünf erwischt.«

»Ja«, sagte ich, »wenn die Schützen nicht gekommen wären, hätten sie uns wohl zur Strecke gebracht.«

# 22

Gemeinsam schritten wir durch den Garten zu Tante Betty, die meinen alkoholkranken Kollegen schon genauso ins Herz geschlossen hatte wie mich. Als sie seine Fahne roch, liefen ihre blinden Augen über vor Zorn und Zärtlichkeit und sie wollte am liebsten beten. »Doch stellen Sie sich vor! Ich habe bereits Besuch! Von der Polizei!«

Tante Betty sprach selten mit drei Ausrufezeichen, aber wenn der Gottesdienst verschoben wurde und sich ein Kommissar Zutritt zu ihrer Wohnung verschaffte, wo sie einen gelegentlich randalierenden jungen Mann in ihrem Schlafzimmer gefangen hielt, ging ihr das an die alten Nerven.

Ich nahm Betty in den Arm und versicherte ihr, dass alles gut ausgehen würde. Vorsichtig schob ich sie vor mir her in die Küche, wo ich das Klappern einer Kaffeetasse vernahm. Selbstverständlich hatte sie den Herrn Kommissar gut versorgt.

»Hauptkommissar« Eugen Fritte saß auf meinem Platz zwischen Küchentisch und Spüle und er trank aus meiner Tasse und wusste nicht einmal, welche Ehre ihm die gute Betty damit hatte erweisen wollen.

Frittes Arm schien zu wachsen, als er langsam seine beschissene Prothese abzog. Unter dem Plasteteil, das im

Büroalltag seine rechte Hand darstellte, blitzte ein heller, etwa dreißig Zentimeter langer Dolch auf, der direkt aus dem Ellenbogen wuchs.

»Samuel!«, sagte er herzlich.

»Eugen!«

»Sie beide kennen sich tatsächlich?«

»Schnauze, Kleiner«, bellte Fritte zu Brückner, der sich prompt das Maul verbieten ließ. »Ja, wir kennen uns. Und doch haben wir uns leider aus den Augen verloren. Beruflich lief es in den letzten Jahren ziemlich gut, da kann man sogar den sehnlichen Wunsch vergessen, irgendwann bestimmte Dinge wieder geradezurücken, selbst wenn, das kannst du mir glauben, ich nie den Gedanken ad acta gelegt habe.«

»Zum Geraderücken bist du also gekommen?«

»Erst gar nicht. Erst ging es nur um unser Projekt. Weißt du, Bäckchen und ich, wir sind schön in Verbindung geblieben. Bäckchen macht in Immobilien. Ganz große Sache, ein echter Lebemann geworden und dabei ein ganzer Gesundheitsapostel: immer noch trocken. Fast müsste er dankbar sein für die Wendung, die sein Leben genommen hat. Aber wie gesagt, er ist es nur fast. Und dann haben wir gesehen, wer hier gerade den Pfarrer macht. Unser alter Freund aus Gefängnistagen.«

»Wie ich jüngst hörte, bist du bestens resozialisiert, Eugen. Du sitzt im Ministerium.«

»Der Herr Kommissar ist ein Freund von Ihnen?«, beruhigte sich Tante Betty.

Eugen lachte, aber so bitter, dass die Raumtemperatur abnahm. Er schlürfte von seinem Kaffee. Und wies mir einen Stuhl zu. Brückner und Tante Betty standen weiter neben mir an der Tür und Gernot stützte Tante Betty. »Ihr bleibt schön stehen. Polizei hin oder her, du hast dein Glück überstrapaziert. Wer ist eigentlich der Kleine, den du hier mit reingeschleppt hast? Der Alkoholiker auf Entzug, von dem die Alte gefaselt hat?«

»Ich«, rief Brückner trotzig, »ich bin von der Polizei, und zwar wirklich, und jetzt sollten Sie lieber aufstehen und sich zum Fenster drehen und die Arme hinter dem Kopf verschränken, weil ich sonst ungemütlich werde.«

Tante Betty begann am ganzen Leib zu zittern, da tönte aus einem der Nachbarräume ein Klopfen und Rufen. »Polizei! Endlich! Polizei! Hier bin ich, hier! Hallo, Polizei!« Pickelfresse meldete sich aus seinem Verlies.

Tante Betty sank ohnmächtig zusammen.

Eugen sprang auf und schritt um den Tisch, um Brückner anzugreifen, der erst Tante Betty vorsichtig ablegen und dann unter seinem Sakko den Revolver hervorziehen wollte, in den er sich bei mir verliebt hatte. Aber sein Versuch, die Waffe zu entsichern, geriet so umständlich, dass Eugen sie ihm einfach aus der Hand schlug. Sie schlitterte in den Flur und fand erst unter dem Garderobenschrank einen Halt. Mit bloßen Armen versuchte Brückner, die Stiche von Eugens Dolch abzuwehren, und fing sich bei diesem ungleichen Kampf eine tiefe Stichwunde im Oberschenkel ein.

»Ich habe noch eine Knarre!«, rief ich, um Eugen abzulenken, bevor er Brückner endgültig abstach. Und ich kauerte mich vor die Spüle und versuchte, hinter dem Putzzeug meinen kleinen Colt zu angeln. Blitzartig stand

Eugen da, über mich gebeugt, zog mich am Kragen nach oben und schleuderte mich in die Ecke.

»Schnell«, rief ich Brückner zu, »nach draußen! Hilfe holen!«

Brückner humpelte nach draußen, wo die Straße bereits menschenleer war. Eugen Fritte hielt mir seinen Dolch an die Kehle und ich meinte schon, es flösse Blut. Ich merkte, dass auch er nervös war. Das Klopfen und Hämmern aus dem Schlafzimmer wurde immer lauter. Pickelfresse wollte seine Freiheit. Jetzt.

»Bevor ich dich absteche, lieber Samuel. Eins habe ich mich allerdings gefragt in den ganzen Tagen, da ich nun ohne dich im Knast saß und ohne meinen starken Arm, als ich mich hingeben musste zum Gespielen für jedermann und am Ende froh sein konnte über den Schutz des Würdelosesten.«

»Polizei! In der Küche!«, unterbrach ich Eugen und wollte Pickelfresse damit ein Zeichen geben. Tante Betty dämmerte weiter vor dem Backofen. Eugen Fritte fuhr unbeirrt fort, lamentierte über den Niedergang seiner mühsam erworbenen Stellung in der Gefängnishierarchie und des Handels mit Betäubungsmitteln. Ich fragte zurück, ob Winnie das genauso gesehen hätte. Das ist ja auch eine seelsorgerliche Grundfrage: Wie stoße ich die Menschen darauf, dass Lebensgeschichten eben ihre zwei Seiten haben, dass es vielleicht einmal bei ihnen liegt, sich zu entschuldigen, statt halsstarrig und stolz Familien zerbrechen zu lassen und andere Leben zu ruinieren? Ich hätte ihm gerne erläutert, dass sogar manche meiner Taten von einer anderen Warte aus kritikwürdig erscheinen mussten. Mit seiner Hand, das täte mir schon irgendwo leid.

Aber die Kernfrage, auf die Eugen hinauswollte, war eine ganz andere. »Wem musstest du das ganze Pinkepinke abdrücken, das wir im Knast bei dir gelassen haben? Was war da für ein ominöser Dunkelmann? Weißt du, als ich draußen war, wollte ich rückwirkend einen kleinen Rabatt erhalten. Aber ich habe niemanden gefunden. Welche schwarzen Männer haben mein Geld?«

Ich blieb cool. »Keine Männer, Fritte. Kinder. Schwarze Kinder.«

Er glotzte so blöd wie Eglon, der Moabiterkönig, beim Scheißen. Nur dass er nicht abgestochen wurde, sondern derjenige mit dem Messer war. Und neben der Spüle stand der Block mit meinen blütenweißen Erntedankmessern, die frivol zu mir hinübergrinsten, wie eine Dorfschönheit, die gerne etwas spielen, aber ganz gewiss ihre Unschuld darüber bewahren möchte.

»Ein Waisenhaus in Tansania«, präzisierte ich. »Zuletzt mussten wir einen Augenarzt einfliegen lassen.«

»Du bist ein verfickter Albert Schweitzer.«

Die Schlafzimmertür barst und mit einer Explosion übermenschlicher Kraft stürzte Pickelfresse heraus, unser eingesperrter Aushilfsbestatter. Die Augen geweitet und alle Wut der Welt in Kraft verwandelt wie bei dem Besessenen von Gerasa. Unmöglich, ihn niederzuringen oder zu binden.

Eugen ließ von mir ab und wandte sich dem neuen Angreifer zu. Ich rutschte ein Stück von ihm weg nach hinten. Ausgerechnet jetzt regte sich Tante Betty wieder, fasste sich an die Stirn, stöhnte und tastete nach ihrer Krücke, die am Küchentisch lehnte, damit sie sich erheben könnte. Pickelfresse schwang über seinem Kopf die massive Tür von Tante Bettys Nachtschränkchen wie Simson das Stadttor von Gaza. Eugen riss den Armstumpf hoch und jagte den Dolch hinein, doch plumpste er rückwärts gegen die Küchenzeile, als Pickelfresse mit ihm zusammenprallte. Ich trat ihm in die Schnauze und er landete auf den Fliesen. Pickelfresse trat ihm in die Rippen.

»Hat er meinen Vater …?«

Er schrie die Frage heraus. Er saß jetzt auf Eugens Brustkorb und geiferte. Ich kroch in den Spülschrank und nahm den Colt aus der Ritze. Die Männer strampelten und keuchten; Tante Betty hörte und erinnerte sich an böse Zeiten und begriff.

»Auge um Auge?«, fragte ich Pickelfresse und reichte die Waffe herüber, der sie dankend nahm.

»*Lex talionis*«, antwortete der junge Kollege. »Ich blase dir die Rübe weg«, geiferte er zu Eugen und spannte schon den Hahn.

»Nein«, murmelte Betty, die sich aufgerappelt hatte, und sie setzte unkoordinierte Hiebe mit ihrem weißen Krückstock, die aber glücklich ausreichten, um den Colt aus Pickelfresses vom vielen Fasten geschwächter Hand zu schlagen.

Im letzten Moment: Blaulicht flackerte auf. Schreie ertönten. Polizei brach durch die Tür, stand vor dem Fenster, schwarz und dunkelblau gewandet und zielte mit Schnellfeuerpistolen in die Küche. Brückner kam doch nicht ohne SEK aus. Zwei Männer zogen zunächst Pickelfresse von Eugen herunter und legten ihm Handschellen an, weil sie nicht die Fantasie hatten, dass sich im Haus der ehrwürdigen Frau Elisabeth Giebel der Ortspfarrer mit dem Referenten des Wirtschaftsministers einen Kampf auf Leben und Tod lieferte.

Ich klärte die Sache später restlos auf.

»Waren Sie alle drei seine Geiseln?«, rief ein Beamter.

»I wo«, meinte Betty, »wir helfen bloß dem Knaben bei seinem Alkoholentzug. Wissen Sie, er hat gerade seinen Vater verloren.«

Eugen witterte dagegen benommen Morgenluft, zeigte auf mich und behauptete, ich sei der wahre Verbrecher in diesem Dorf.

»Der Pfarrer?«, fragte der Einsatzleiter.

Aber Eugens Überzeugungskraft war gering, angesichts des blutigen Dolches, den er statt seiner gewöhnlichen schreibtischtätertauglicheren Prothese trug.

»Die Sachen werden sich alle klären, wenn Sie einmal in seinen Kofferraum sehen«, meinte ich zu dem Beamten, der keine Anstalten gemacht hatte, mich zu verhaften.

»Sehr wohl, Herr Pfarrer.«

Draußen stand der schwarze BMW mit dem Erfurter Kennzeichen. Im Kofferraum lag der verkrümmte Leichnam des als vermisst geltenden Bestatters Matthias Speyer.

Die Johanniter waren gekommen und bemühten sich um Gernots Stichwunde. Ich ging zu ihm.

»Danke«, sagte ich. »Das ging jetzt aber schnell mit der Polizei.«

Es stellte sich heraus, dass er bereits heute Morgen einem Erfurter Staatsanwalt, der eigentlich Bereitschaftsdienst gehabt hätte, auf die Mailbox gequatscht hatte.

»Da haben wir ja jetzt einiges zusammen durch …«, murmelte Brückner.

Ich muss zugeben, dass ich mich auch ziemlich an ihn gewöhnt hatte, sodass ich beim Abschied etwas sentimental wurde. »Und stellen Sie sich nur vor, Gernot, wenn niemand dem Herrn Blech ein paar Kugeln verpasst hätte, hätten wir dieses ganze Komplott niemals aufgedeckt.«

Er wollte noch irgendetwas darauf sagen, aber der Rettungssanitäter zog ihm eine Atemmaske über den Mund und legte ihn recht kompromisslos auf den Rücken. Der Krankenwagen fuhr Richtung Eisenach. Ich winkte ihm hinterher.

Eugen Fritte Kohlschuetter gestand den Mord an Matthias Speyer, nachdem man ihm bei der Vernehmung den Kaugummi präsentierte, den Brückner neulich bei der kriminaltechnischen Untersuchung eingereicht hatte. Da seine weiteren Äußerungen ansonsten wirr erschienen und als üble Verschwörungstheorien herausgestellt werden konnten, da der ganze Feuerwehrzug des Ortes das Gegenteil bezeugte, schickte man ihn zur Verwahrung in die Klapse.

Die Presse hätte die Geschichte gerne noch breiter gemacht, nur dass in Düsteroda statt auskunftsfähiger Zeugen lediglich zerstochene Autoreifen auf sie warteten. Justiz und Polizei schwiegen auf scharfe Weisung des Innenministers, der seinen Parteifreund, den Wirtschaftsminister, nicht beschädigen wollte ob dessen Missgriffs in der Besetzung seines Referentenpostens. Zumindest nicht vor der Wahl. Mit aller Macht rang er der Thüringer Presse sogar die Gefälligkeit ab zu verschweigen, dass Eugen es in der Klapse nicht lange ausgehalten hatte. Nicht jeder Bock, auf den das Los für Asasel den Bösen fällt, lässt sich bereitwillig in die Wüste jagen. Mancher streift weiter im Lande umher, sodass sich der Hohepriester vor ihm in Acht nehmen sollte, der ihm die Sünde des ganzen Volkes aufzubürden gedachte. Man kann nie sicher sein, dass er einen nicht irgendwann über die Klippe stößt auf der Suche nach seiner eigenen kleinen Bock-Gerechtigkeit.

In Düsteroda hingegen ging alles so gemächlich dahin, dass das ruhige Walddörfchen nach wenigen Wochen ungestört seine Traditionen weiter pflegen konnte. Irgendwann würden sie eine Straße nach mir benennen, wie für meine Vorgänger. Aber wie diese sollte ich davon nichts mehr mitbekommen. Ja, meine eigene Situation blieb unklar an diesem, meinem letzten Totensonntag.

# 23

Die Glocken begannen zu rufen. Ich ahnte, dass die Predigt an diesem Sonntag mein Vermächtnis würde. Am Totensonntag saßen alle Angehörigen derer vor mir, die ich im letzten Kirchenjahr mehr oder weniger intensiv auf ihrem letzten Gang begleitet hatte. Die Frauen mit Hüten, die Männer ohne, aber die ganze Gemeinde ohne Lesebrille, damit sie eine Entschuldigung hatten, nicht lauthals mitzusingen. Vor der Predigt wurden die Namen der Verstorbenen feierlich verlesen, für jeden eine Kerze angezündet, und die Bläser kamen auch wieder zum Einsatz.

*Doch willst du uns noch einmal Freude schenken*
*an dieser Welt und ihrer Sonne Glanz,*
*dann wolln wir des Vergangenen gedenken,*
*und dann gehört dir unser Leben ganz.*

Die Stufen der schmalen Treppe knarrten, als ich hinter dem Altar zur Kanzel aufstieg. Und mich irritierten Blutflecken, sowohl im Altarraum als auch hier. Im Schiff sah man sie nicht, wir hatten gerade einen neuen purpurnen Teppich für den Gang anschaffen können.

Noch wusste ich nicht, was ich sagen wollte, denn ansonsten lieh ich mir ja meine Worte aus dem Netz. Ich ließ den Blick über die Gemeinde schweifen, während der Chor noch sang. Da saßen die Blechs. Und da weinte die Familie Sauer, die gerade heute zwei plötzliche Todesfälle zu verkraften hatte. Frau Gerhard. Und da waren noch ein Dutzend andere mit der Großfamilie angerückt, teilweise Menschen, die man, ich gebe es zu, einfach mögen musste. Ich hatte keine Lust mehr, sie zu belügen und ihnen etwas vorzuspielen. Aber umarmen wollte ich sie auch nicht. Ich wollte einfach nur ein beschissenes »Auf Wiedersehen« sagen. Gehabt euch wohl. Vergelt's Gott, meinetwegen. Lange schwieg ich.

Dann stieg ich ein mit ein paar Sätzen des Bedauerns über den Abschied im Allgemeinen und den Tod im Speziellen. Ich sagte, ich hätte schon Verständnis auch für diejenigen, die im Moment der Trauer an Gott zweifelten – und ich könnte selbst verstehen, wenn ein Mensch den Glauben ganz aufgeben würde. Gerade an einem Tag wie heute, dem Totensonntag und den Ereignissen, von denen so die Rede sei. Man müsste sich nur dann gemeinsam auf die Suche machen: Wo waren denn Worte zu finden für so einen Menschen? In so einem Moment? Wo waren die Worte, die wieder zur Sprache bringen könnten, was doch als innerste Ahnung immer vorhanden war?

Ich nahm die große schwarze Bibel und hielt sie in die Luft. Die Gemeinde wartete auf den Predigttext. Aber ich hatte bei dem ganzen Stress, den man Ende November so hat, nicht nachgesehen, was für diesen Sonntag vorgeschrieben war. In diesem Moment der Stille erreichte ich ihre Herzen mehr als mit allen Worten in den Jahren zuvor.

Aufs Geradewohl schlug ich die Schrift auf, irgendwo in der Mitte, und las die Worte des Predigers Salomo im neunten Kapitel: »So geh hin und iss dein Brot mit Freuden, trink deinen Wein mit gutem Mut; denn dies dein Tun hat Gott schon längst gefallen. Lass deine Kleider immer weiß sein und lass deinem Haupte Salbe nicht mangeln. Genieße das Leben mit deiner Frau, die du lieb hast, solange du das eitle Leben hast, das dir Gott unter der Sonne gegeben hat; denn das ist dein Teil am Leben und bei deiner Mühe, mit der du dich mühst unter der Sonne. Alles, was dir vor die Hände kommt, es zu tun mit deiner Kraft, das tu; denn bei den Toten, zu denen du fährst, gibt es weder Tun noch Denken, weder Erkenntnis noch Weisheit.«

So weit weg ist Thüringen nicht von Kanaan. Dem gelobten Land. Der Text verhallte und ich fand, dass ich dem nichts hinzufügen konnte, und sprach den Kanzelsegen. Die Gemeinde saß stumm und niemand sagte etwas, irgendwann setzte die Orgel ein. Das Abendmahl verbrachte ich in Trance. Am Ende hob ich beide Hände zum Segen, die heile und die, die noch vom Kellerkampf verbunden war. Am Ausgang verabschiedete ich die Leute persönlich, nicht wenige weinten.

«Danke«, sagten sie, »danke! Sie sind ein Mann des Friedens.«

Ich weiß nicht, wie lange ich noch in der stillen Kirche saß und mich an ihrer Bildpracht berauschte, ein Kaleidoskop von Geschichten, von denen ich nicht wusste, ob sie je wieder meine Geschichten werden könnten. Da hörte ich ein Seufzen hinter dem alten Harmonium, das rechts neben dem Kanzelaltar stand und nur dann gebraucht wurde, wenn der Chor einmal nicht auf der Orgelempore singen sollte.

Ich schritt zum Seiteneingang, der zuletzt benutzt worden war, als am Sedantag 1877 der Herzog einem Gottesdienst beigewohnt hatte. Dort griff ich mir die Sense und schritt die Stufen zum Altarraum hoch, indem ich mit der linken den Saum des Talars etwas anhob, um nicht zu stolpern. Hinter dem Harmonium lag Grinsebacke und verreckte. Das war ja das Schöne, wenn sich eine Gemeinde eine offene Kirche leistete. An manchen Orten regiert die Angst, dass jemand stehlen oder randalieren könnte. In Düsteroda nicht. So konnten sich arme Seelen hineinflüchten, wenn das Toben und Wüten der alltäglichen Kämpfe da draußen ihnen zu heftig wurde und sie sich in ihrem Elend nach etwas Frieden sehnten.

»Ich wollte alles vernichten«, gestand er und spuckte bereits Blut dabei, »dich, dein Dorf, deine Familie, alle, die du liebst … Aber du hast sie gerettet.«

»Ich habe davon gehört«, sprach ich, »das Pumpspeicherkraftwerk, die Entschädigungszahlungen.«

»Eine aufwendige Sache. In der Firma waren sie erst gar nicht begeistert von der Idee, es weiter zu versuchen, nachdem sich hier Widerstand angedeutet hatte. Die Bosse haben immerzu gefragt, wo die Männer blieben, die sie nach Thüringen geschickt hatten, und sie bekamen kalte Füße.«

»Und dann habt ihr also recherchiert, euren alten Freund Pistorius wiederentdeckt und dachtet, wir könnten hier ein kleines Revival machen?«

Er bleckte sein goldenes Gebiss. »Ich dachte, ich wäre darüber hinweg, ganz ehrlich. Ich war kurz davor, mir eine Frau zu suchen und Kinder zu machen. Aber dann hörte ich deinen Namen und fühlte so einen Stich. Ich habe ihnen in Hamburg von meinem Freund Eugen erzählt. Und ich rechnete ihnen vor, dass sich die Auftragssummen leicht noch verdreifachen ließen, wenn sich am Ende sogar Landesbehörden zu einem Neubau im Erfurter Areal entschlössen. Eugen hätte etwas drehen können. Sagten wir zumindest, denn wir wollten alles absaufen lassen, was du dir hier geschaffen hast, und die Sintflut über dieses verfickte Kaff bringen. Ja, sie wollten es abblasen, doch ich argumentierte. Ich habe mein Herzblut in das Projekt gesteckt. Und sie haben mir Prokura gegeben.«

Bäckchen hatte Sinn für Ironie. Sein Herzblut. Er hielt sich den Bauch; er hatte auch mindestens einen Treffer in der Schulter. Und so viel Gold in der Fresse. Mit einer Leiche wie dir auf dem Tisch hätte Matthias, mein toter Freund, seinen Sohn einfacher durchs Studium gekriegt. Was wäre ihm erspart geblieben. Du Wichser!

»Um ein Haar hätten wir die Familie einer Konfirmandin ausgelöscht, weil deren Handy beim Bestatter in einer Urne steckte mit den Handys unserer Männer.«

Ach, wären sie ruhig mal zu Familie Schmidt gefahren. Längst, längst hätte ich da selbst einmal vorbeischauen sollen. Grinsebacke zwinkerte unkontrolliert und bat eindringlich um einen Arzt, sein Leben sei noch nicht zu Ende. Noch eine Revanche, bettelte er, doppelt oder nichts.

Ich stand da und hatte den Talar noch an. Wie könnt ihr nur alle den schwarzen Mann mit der Sense übersehen? Ich hieb einmal probehalber durch die Luft. Der Raum war eng hinter dem Harmonium, aber die Sense war scharf.

»Du wirst doch nicht noch in einer Kirche Blut vergießen?«

Aber ich würde ebenso wenig Rücksicht üben wie Benaja Ben Jojada, der den Heerführer Joab niederstach im Auftrag Salomos.

»Hol mir einen Arzt.«

»Mach lieber deinen Frieden mit dem Schöpfer, denn du kommst hier nicht raus. Wenn es noch irgendetwas zu gestehen gibt, dann bitte.«

Er sammelte seine Kräfte. »Eisenach«, sagte er, »Eisenach. Ich war dabei.« Er weidete sich daran, wie meine Gesichtsfarbe wich und mein Bauch sich verkrampfte. Was mache ich hier noch?

»Was halte ich mich mit dir noch auf?«

»Ich wollte es doch nur loswerden«, gackerte Grinsebacke, der nicht länger die Mitleidskarte spielte; er kicherte heiser und stand kurz davor, sich tot zu lachen.

»Hör auf zu lachen, Grinsebacke!«

»Ich heiße übrigens Christian.«

»Dein Leben ist verwirkt, Christian, verpfuscht und verwirkt. Und ich überlege, dir tatsächlich einen Arzt zu rufen, damit du dich später selbst aufhängst, irgendwo, wo dich keiner findet. Nimmst du ein gutes Plaste-Seil, so wird der Baum, an dem du hängst, mit dir in die Höhe wachsen und das ist für dich der einzige Weg in den Himmel.«

Aber er lachte weiter. Und das Blut blubberte ihm aus Mund und Nase.

»*Ego te absolvo,* Bastard!«, rief ich. Und damit schwang ich die Sense und tat den Dienst, der im Alten Testament dem Aaron und seinen Nachfolgern im Amt des Hohepriesters vorbehalten war. Jom Kippur fiel in diesem Jahr auf Totensonntag. Ich schlachtete das Sündopfer und besprengte den Altar mit seinem Blut. Gekommen, um mir den Tod zu bringen, starb Christian Grinsebacke und schenkte mir das Leben. Ich weiß, ein besserer Hohepriester hätte nicht wie ich die Reihenfolge verbockt, er hätte erst seine eigene Entsühnung vornehmen müssen, bevor er den eigentlichen Sündenbock mit den Verfehlungen des ganzen Volkes belädt und in die Wüste schickt. Dass Eugen noch irgendwo da draußen lauerte, damit musste ich leben lernen, wie mit mancher offenen Rechnung, deren Begleichung man auf die lange Bank schiebt.

Zu Hause holte ich den Karton mit Papas Bildern aus dem Keller und was ich sonst noch brauchte, aber ein Zuhause hatte ich seit diesem Morgen eigentlich nicht mehr. Länger als nach dem Karton habe ich die beschissene Taschenlampe gesucht, mit der ich mich in den Keller wagen konnte. Nur kurz blätterte ich durch die Sammlung in der Kiste. Ich fand ein Bild von meinem Bruder und darunter eines von mir. Meines steckte noch nicht einmal in einem

Rahmen. Auch werde ich nie herausfinden, ob *er* es dazugelegt hat oder meine Mutter, bevor sie mir den Karton gab. Die Handschrift meiner Mutter zog sich über die Rückseite. »Genesis 21,12: Lass es dir nicht verdrießen wegen des Knaben.« Weshalb gibt Gott jedem von uns eine verschissene Mutter, wenn doch keiner auf sie hört? Ich legte den Inhalts des Kartons in den Koffer, den ich zu packen begann, und nahm eine Dusche, bevor ich zum Kaffeetrinken ging.

In Tante Bettys Stube saßen ein paar Frauen aus dem Ausschuss zusammen und aßen Kuchen, den Pickelfresse unter der Anleitung von Tante Betty gebacken hatte. Adelheid Ehring wies mir einen Platz zu. Mir schmeckte der Kuchen von Tante Betty nicht besonders, aber das Mittagbrot war schließlich ausgefallen, zudem: Normalerweise lobte ich Betty, ohne hineinzubeißen, aber wenn so viele Leute danebensaßen, musste es ja sein.

Wir ließen die Ereignisse des Tages Revue passieren, ohne dass Betty befürchten musste, die Dinge verhielten sich irgendwie anders, als sie es mitbekommen hatte. Darum erzählte ich auch nur nebulös von einem kapitalen Schaden an meinem Volvo, wenn auch die Wahrheit so aussah, dass das Garagentor die Kugeln nicht davon abgehalten hatten, ihn völlig zu zersieben. Außer Betty zeigte niemand Mitleid.

Adelheid Ehring sah mich bestimmt an. »Herr Pfarrer, Ihr Engagement für dieses todgeweihte Mädchen in allen Ehren – aber hören Sie endlich auf, in allen Krankenhäusern der Region anzurufen und nach einer Jaqueline zu fragen.«

»Ein Mädchen?«, fragte Tante Betty dazwischen und die Falten ihres Gesichtes tanzten ein Gewitter des Lächelns.

»Woher wissen Sie …?«, fragte ich.

Frau Ehring lachte. »Sie denken, Sie können unbemerkt telefonieren? In Düsteroda?« Und Tante Betty lachte mit, obwohl sie unmöglich verstehen konnte. »Und, Herr Pfarrer«, prustete Frau Ehring weiter, »Sie haben tatsächlich angenommen, Ihre kleine Trauersängerin hieße im wirklichen Leben ebenfalls Jaqueline? Mein lieber Herr Pistorius, Sie sind ein unverbesserlicher Idealist, hat Ihnen das schon einmal jemand gesagt? Ein Träumer und Weltverbesserer hinter Ihrer Mafia-Fassade.«

»Ja«, sagte Betty, »das trifft es, obwohl ich nie eine Mafia-Fassade an Ihnen bemerkt habe.«

Ganz klar, sie hatten mich erwischt. »Ich habe mir Ihren Auftrag durchaus zu Herzen genommen.«

»Und das sehe ich mit Genugtuung. Fahren Sie nach Eisenach, Johanniter-Hospital. Sie liegt auf der Inneren, nicht mehr auf Intensiv, aber unter Polizeischutz. Tun Sie, was ein Mann tun muss.«

»Das werde ich, Frau Ehring, das werde ich.« Gleich morgen früh.

»Ja, tun sie es«, raunte Betty.

Pickelfresse alias Mario Speyer saß jetzt bekleidet und geduscht gegenüber von Frau Ehring und wusste verständig zu antworten. Eine tiefe Trauer um seinen Vater schien er nicht mehr zu spüren und meine beziehungsweise Tante Bettys Diät hatte sogar seinem Teint gutgetan. Tante Betty streichelte ihm den Arm und strahlte vor Glück, als er versicherte, nie wieder einen Tropfen Wein anzurühren. Was er nach dem Studium vorhätte, fragte ihn Frau Ehring mit salbungsvollem Ton und ich wusste, dass es höchste Zeit war, mich auf den Weg zu machen.

# 24

Waren Sie mal in so einem Dorf im Thüringer Wald? Ja, in der Tat, die einzige Kunst besteht darin, die schönen Tage abzupassen. Von meinen privaten Konten überwies ich alles Geld nach Venezuela, wo es so schnell nicht abgeschöpft werden konnte. Ich beschäftigte mich nicht oft damit, merkte aber, dass es wohl eine Weile reichen müsste, trotz Tante Bettys Gebeten für Afrika.

Frühmorgens, für meine Verhältnisse, nahm ich von Betty Abschied. Was mit dem Mädchen sei, wollte sie wissen. Ich sagte, dass ich mich nun um sie kümmern wolle. Irgendwie spürte sie, dass wir uns vielleicht nicht mehr begegnen würden und begann zu weinen.

»Sobald spielen Sie kein Cello mehr für mich, was?«

Ich drückte ihren Kopf zum Abschied an meine Brust und sie weinte aus blinden Augen. »Bewahren Sie es für mich eine Weile auf?«

»Einen Moment«, bat sie mich, sie verschwand im Schlafzimmer und kam mit einer roten Schlüsseltasche aus Leder wieder. »Das hat Horst gehört. Nehmen Sie.« Sie zeichnete mit ihrem zitternden Daumen ein Kreuz auf meine Stirn und es durchfuhr mich, als müsste dieses Kreuz jedem sichtbar sein, der mich draußen finden würde.

Meine Brust war noch etwas eng, als ich mit ihrem Geschenk in meine Garage zurückkehrte, um mich vom Acker zu machen. Ich nahm die Nummernschilder vom zersiebten Volvo und steckte sie auf Horsts alten Ford Capri. Der Schlüssel passte und der Motor startete. Frau Franz hätte mich sonst um zehn abgeholt, um mich nach Eisenach zu kutschieren. Vermutlich hat Betty ihr das Leben gerettet. Ich hätte sie gerne nachgeholt, meine alte Betty. Aber sie gehört dorthin, an ihren Ort. Was hielte den Zorn des Himmels von Düsteroda ab, wenn es nicht einen Menschen wie sie dort gäbe?

Gerade hatte ich den Capri aus Bettys Garage manövriert, da hielt Polizeimeister Engels vor dem Pfarrhaus, stieg aus und kratzte sich den Nasenrücken.

Ich verließ Düsteroda mit quietschenden Reifen. Den Capri parkte ich auf dem Rewe-Parkplatz, der hundert Meter hinter der Rückseite des Klinikgeländes lag. Dann schlängelte ich mich durch die Hagebuttenhecke, zerschnitt mit einem Bolzenschneider den Maschendraht zum Klinikgelände und rannte bis zu einem Hintereingang, der sonst nur vom Personal frequentiert wird, wenn es draußen heimlich rauchen will.

Mein Collarhemd mit dem Namensschildchen wies mich als einen Insider aus. So grüßte mich alle Welt freundlich. Das Personal weiß, dass Seelsorger in solchen Häusern dazugehören, wenn sie auch selten wissen, wer tatsächlich gerade als Seelsorger unterwegs ist oder was die so genau tun. Ein Fest für Taschendiebe – und Typen wie mich. Gröbere.

Die Innere Station lag im Westflügel, drittes Obergeschoss. Mein Atem pfiff und die Knie schmerzten, als ich die letzten Stufen nahm. Um die Ecke mussten die Zimmer sein für die besonderen Patienten. Beschissene Einzelzimmer, mit dem Platzangebot eines Walfischbauches für Leute, die zu ansteckend, zu sterbend oder zu gut versichert waren, um in die üblichen Mehrbettzimmer gelegt zu werden. Ein Polizist saß vor dem Zimmer. Das musste es sein. Ich nahm aus dem Regal vor dem Schwesternzimmer die großformatige Krankenhaus-Gideonbibel und ging mit federnden Schritten auf ihn zu.

»Sie sollten auch mal darin lesen, Herr Wachtmeister.«

Der Bulle erschrak, als ich die Bibel vor seiner Nase schwenkte. Ich schaute auf das Namensschild an der Tür. »Damaris Stubenrauch«. So heißt sie dann wohl wirklich.

»Ist lange her«, sagte er mit Blick auf die Bibel.

»Habe ich doch geahnt«, meinte ich. »Wenn Sie lieb bitten, überlasse ich sie Ihnen, wenn ich wieder rausgehe.«

»Und wer sind Sie?« – Die Frage tat erkennbar nur der Pflicht genüge.

»Bruder Hieronymus. Steht doch hier.«

»Natürlich. Entschuldigen Sie die Frage. Ist meine Pflicht.«

»Gott halte seine segnende Hand über Sie.« Noch einmal hob ich drohend die Bibel, der Bulle wich zurück, dann trat ich ein und schloss die Tür hinter mir. Zwei Zöpfe lagen auf dem Kissen und sie, sie hatte sich auf die Seite gelegt und kiekste im Schlaf.

Ich hetzte nicht mehr, ich schlich. Weckt sie nicht, bis sie sich regt. Ich beschwöre euch, Bullenschweine. Ich setzte mich zu ihr und traute mich erst nicht, ihre Hand zu nehmen. Wir saßen eine Weile, als sie die Augen aufschlug. Sie kicherte in sich hinein.

»Damaris?«

Erst keine Antwort, dann ein Flüstern. »Samuel?«

Ich beugte mich noch weiter vor, sie schaute mich an.

»Hast du keine Blumen dabei?«

»Ich habe Pfirsiche mitgebracht.«

Sie lachte. Endlich! Draußen schwand der Tag.

Martinshörner tönten unromantisch durch unser Wiedersehen.

»Ich dachte immer, du hättest eine Blaulicht-Allergie … Und da hast du ein Zimmer zur Straße bekommen?«

»Bis heute habe ich es ausgehalten.«

»Gerade im Moment sind Bullen vorgefahren, als liefe hier ein Schwerkrimineller rum. Hast du keine Angst?«

Sie schüttelte den Kopf. »Mein Ritter ist doch erschienen.«

Dem Ritter ging ganz schön der Arsch auf Grundeis, denn er sah vor sich, wie Dorfsheriff Engels seine frisch gejuckte Nase in Sachen steckte, die ihn nichts angingen, und wie er dann so seine Schlüsse zog und Maßnahmen einleitete … Ich zog Jaqueline nach oben.

»Ich bin nur noch etwas schwach auf den Beinen.«

Nun hatten wir es doch etwas eilig. Ganz unromantisch setzte ich sie auf den Toilettenstuhl, der in ihrem Zimmer stand, und schob sie zur Tür. Peinlicher als das war ihr der mintgrüne, viel zu weite Jogginganzug, ich sah es an ihrem Blick.

Ich hatte vor, den Wachtmeister ins Bad zu locken und ihn niederzuschlagen, ein letztes Mal Hand Gottes spielend, aber als ich die Tür öffnete, sah ich ihn nur noch von hinten; er entfernte sich, als müsste es gleich Schwefel regnen. Kacke, dachte ich, der weiß Bescheid.

Was würde Simson tun?

Die Fahrstühle werden als Erstes überwacht. Von einem Wäschewagen lieh ich mir einen weißen Ärztekittel aus. Ich schob Jaqueline-Damaris zu der Hintertreppe, über die ich in die Station gelangt war. Den Klostuhl ließ ich stehen und trug sie herab. Drei Uniformierte kamen uns entgegen.

»Lassen Sie mich durch!«, schrie ich. »Da oben ist ein Wahnsinniger.«

Jaqueline verdrehte die Augen und röchelte wie eine Sterbende.

»Ich helfe Ihnen«, erbot sich einer der Bullen.

»Ich mache meine Arbeit und Sie Ihre«, blaffte ich zurück.

»Wie Sie meinen, Herr Doktor.«

Die Bullen zückten ihre Waffen und rannten nach oben. Und wir, nur noch eine Treppe und dann über den Parkplatz. Nach hinten gab es keine Ausfahrt, vor der Tür wäre niemand. Da fand sich schließlich noch einer, der sich uns in den Weg stellte, und er war bewaffnet.

Auf dem Absatz zum Erdgeschoss saß Gernot Brückner. Im Schlafanzug. War er noch mein Bruder? Er muss sich gründlich überlegt haben, hier zu warten, sonst hätte er nicht seinen Infusionsständer mit hierher geschleppt. Mir ging ein Licht auf. Die drei Bullenschweine hätten uns genauer kontrolliert, wenn nicht jemand hier unten noch sitzen würde mit Funkgerät und einer Knarre, die Gernot noch versteckt hielt.

»So einen Abgang durch die Hintertür haben Sie aber nicht verdient, Herr Pfarrer.«

Jaqueline wusste nicht, ob sie sich entsetzen oder weiter die Moribunde spielen sollte.

»Ach, da sitzt die Stichwunde aus dem dritten Stock«, sagte ich noch ganz in meiner Arztrolle. Brückner krempelte seine Schlafanzughose hoch und zeigte mir den Verband nicht ohne Stolz.

»Ihre Vorhersage hat sich im Übrigen bewahrheitet.«

Ich starrte ihn nur an.

»Isabell war hier. Meine Frau. Mit den Kindern erst. Und später allein.« Er rollte das Hosenbein wieder ab und zog seine Pistole aus dem Oberteil. Ich war kurz davor, mich in mein Schicksal zu ergeben. Jaqueline setzte ich neben mich auf eine Stufe, wo sie den Kopf auf meine Schulter legte, als wäre es das letzte Mal. Ich roch ihre Haare und wünschte, die Zeit bliebe stehen. In ihrem Scheitel arbeitete sich das natürliche Dunkelblond hervor, schön wie eine Herde junger Ziegen, die vom Gebirge Gilead herabhüpfen. Es knarzte in Gernots Funkgerät.

»Sagen Sie mir nur: Seit wann verdächtigen Sie mich?«

»Verdächtigen ist gut. Ich bin genau im Bilde.«

»Sie wollen doch den Worten dieses Verrückten keinen Glauben schenken? Eugen Kohlschuetter?«

»Aber nein …« Brückner genoss die Situation. »Da waren noch der Anhaltspunkte mehr: Den Worten unseres wütenden Zwerges über ihre Vergangenheit habe ich zuerst keine Bedeutung beigemessen. Himmelskomiker und so …«

»Schließlich bedeutet das gar nichts. Jeder kann wissen, dass ich in der JVA war.«

»Aber dann wussten Sie auf einmal, dass Günther Blech mehrere Kugeln getroffen hatten, bevor er sich vor den Lkw hechtete. Tödlich, im Übrigen, wäre schon die Schussverletzung gewesen. Täterwissen, mein Lieber!«

»Da war ich wohl nicht ganz sorgfältig mit dem Beichtgeheimnis. Ein Dienstvergehen. Aber Sie verstehen, dass ich keine weiteren Aussagen dazu machen kann.«

Wütendes Geschrei plärrte aus Brückners Funkgerät. Der Vogel war ausgeflogen. Der neue Gernot machte noch keine Anstalten, Verstärkung zu rufen.

»Sonst noch etwas?«

»Wir haben eine Zigarettenkippe gefunden, nicht weit von der Stelle, wo Günther Blech angeschossen wurde. Nach allem, was wir wissen, geschah es ja auch nicht ganz zu Unrecht; aber das ist nur eine persönliche Einschätzung, nach der sich ein deutsches Urteil nicht richten kann. Heute früh wurde ich dann informiert: Die Kippe stammt von Ihnen, Herr Pfarrer.«

»Sie haben meine DNA eingereicht? Und dann verpfeifen Sie mich? Vom Krankenbett? Was haben Sie sich hier für einen erbärmlichen Platz ausgesucht für Ihren persönlichen Showdown!« Ich versank in dem Kittel des Oberarztes. Erst jetzt bemerkte ich, dass er mir einige Nummern zu groß war.

Brückner erhob sich und wich einen Schritt auf dem Absatz zurück. Er wiegelte ab. »Durchaus nicht, wir hätten noch warten wollen. Das SEK kam heute nur darum wieder nach Düsteroda, weil dort eine Mutter, eine sehr dicke und sehr energische Person, wie ich höre, über das Internet eine Handyortung des Telefons ihrer Tochter durchgeführt hat; sie war wohl übers Wochenende bei einem Neffen in Jena, der so etwas kann. Und da hat sie sich in der Gemeindeverwaltung den Dorfschulzen Engels gegriffen und ist mit ihm durch Ihre offene Garagentür hinein; das Haus befindet sich, wie wir beide wissen, in einem verdächtigen Zustand. Und sie haben irgendwas im Keller gefunden. Jedenfalls, war da in der Nachbarschaft eine blinde alte Dame, unsere Tante Betty, die meinte, der Pfarrer sei gerade unterwegs, um einer Kranken das letzte Abendmahl zu reichen im Eisenacher Stift. Und dann gab es Großalarm. Mehr weiß ich auch nicht. Schließlich bin ich noch eine Weile krankgeschrieben. Ich hatte Ihnen gesagt, symbolisch gesprochen, räumen Sie Ihren Keller auf.«

»Wie süß von ihm«, meinte Damaris.

»Oh, ich war unten und ich habe meine Sachen mitgenommen. Das meinten Sie doch?«

»Und sehen Sie, dann hat das alles weiter nichts mit Ihnen zu tun da unten. Sie können die Brücken abbrechen. Ich weiß, Sie sind ein feiner Kerl.«

»Ein Betrüger bin ich, nichts weiter. Ich habe den Segen geraubt, der über meiner Familie lag.«

»Ein guter Mensch. Ein guter Mensch. Ich bin gesegnet durch Sie. Gehen Sie.«

»Ja«, sagte Jaqueline, »ja. Gehen wir.«

»Brückner, melden Sie sich«, krächzte der Funk.

»Hier ist alles ruhig«, sagte Brückner.

Ich überlegte, ob ich ihn nicht in den Arm nehmen sollte, und er machte ebenfalls Anstalten, wusste aber nicht, was er dabei mit seiner Infusion anfangen sollte. Damaris stieß mich in die Seite.

»Also«, sagte sie und ich nahm sie auf den Arm; Brückner und ich nickten uns zu, er nahm seine Stellung wieder ein und ich trug Damaris das Stück über das Krankenhausgelände, half ihr durch das Zaunloch und schloss sanft die Tür, als sie in den Beifahrersitz meines neuen Capri fiel.

Das Klicken des Blinkers rauschte in meinen Ohren. Wir kamen nicht gleich vom Parkplatz runter, weil immer mehr Streifenwagen auf das Krankenhaus zu brausten, wo sich ein finsterer Mann versteckt halten musste, verkrochen mit einer Hure zwischen der Dachisolierung oder an sonst einem Ort, und der sicher versuchen würde, sich abzuseilen.

Ich bog ab in Richtung der B19 und trat auf das Gas wie Jehu Ben Nimschi, als die Stadtgrenze vor uns lag. Draußen fielen dicke Flocken. Sie hüllte sich in ihren Mantel. Nur langsam zog die Heizung an. Jaqueline-Damaris hatte bis dahin kein Wort mehr gesagt. Sie blickte mich an und schüttelte den Kopf.

»Doch«, sagte ich, »doch. Es ist alles wahr.«

Wir werden sein wie die Träumenden. Und dann reichte ich ihr das Einmachglas mit den Pfirsichen und sie klemmte es in ihren Schoß.

»Ich wollte frische«, jammerte sie.

»Um diese Jahreszeit gibt es die nicht.«

Sie hob den Zeigefinger. »Normalerweise könntest du mich mit Eingemachtem töten. Das ist dir wohl klar, oder?«

»Du weißt gar nicht, wie klar mir das ist.«

Wir mussten beide grinsen. Das Glas ließ sich schwer öffnen. Dann löste sich der Gummiring; Damaris klappte den Deckel nach hinten. Sie gluckste und fischte sich den Größten heraus. Und als sie gerade hineinbiss, drehte ich die Scheißmusik auf.

*Up where the mountains meet the heavens above*
*out where the lightning splits the sea*
*I could swear that there's someone somewhere*
*watching me*

*Bitte beachen Sie auch die folgenden Buchhinweise:*

Buchhinweise

**Sonne, Wind und Tod**

Ein Thüringen-Krimi

*Klaus Paffrath*

12,99 € | 978-3-95400-349-5

Entsetzt stürzt eine Spaziergängerin in das Dorf Holzhausen am Fuße der Wachsenburg: Da hängt eine Leiche! Im Baum! Am Parkplatz! Eine Leiche? Bei genauer Betrachtung ist es dann doch nur eine Schaufensterpuppe. Kein Wunder, dass die Polizei ausgesprochen gelassen reagiert, als ihr wenig später eine weitere aufgeknüpfte Leiche gemeldet wird, jetzt im Arnstädter Schlosspark. Doch diesmal ist es kein makabrer Scherz.

# Buchhinweise

**Das Feengrottengeheimnis**
Ein Thüringen-Krimi

*Rolf Sakulowski*

12,99 € | 978-3-95400-389-1

Den ganzen Sommer hat Fenja als Fee verkleidet Besuchergruppen durch die Saalfelder Feengrotten geführt und abends für ihr Geologiestudium die Höhle untersucht. Doch am letzten Morgen ist sie spurlos verschwunden und niemand glaubt ihrem Freund Jonas, dass ihr in dem dunklen Stollensystem etwas passiert sein muss, nicht einmal, als Fenjas blutverschmiertes Handy auftaucht. Doch dann geschehen im Umfeld der Feengrotten plötzlich mysteriöse Morde.

**Auf Sendung**
Ein Erfurt-Krimi

*Beate Baum*

12,00 € | 978-3-95400-222-1

Erfurt 1991. Kirsten Bertram ergreift ihre Chance und nimmt eine feste Stelle beim neu entstandenen »Tageskurier« an. Ihr Kollege Andreas Rönn recherchiert seit Wochen das Verschwinden von jungen Frauen, die an einer ziemlich freizügigen Sendung des Kölner Privatsenders PLT teilgenommen haben. Endlich hat er eine heiße Spur, doch als er im Erfurter PLT-Studio eintrifft, ist sein Gesprächspartner tot und Andreas steht als Hauptverdächtiger da.

Buchhinweise

**Tod im Eichsfeld**

*Astrid Seehaus*

12,00 € | 978-3-86680-992-5

Während eines Sommergewitters wird Georg Stahlmann auf seinem Hof in Böseckendorf mit der Mistgabel erstochen. Schnell ist klar, dass der Tod des wohlhabenden Großbauern und Westrückkehrers so manchem in dem ehemaligen Grenzdorf gelegen kommt. Kriminalkommissar Frank Rothe, frisch von Erfurt nach Heiligenstadt versetzt, hätte sich nie träumen lassen, welche Abgründe sich hinter der friedlichen Fassade des Dörfchens auftun.

# Buchhinweise

**Psychopathenpolka - Lale Petersen ermittelt**
Ein Dresden-Krimi

*Christine Sylvester*

12,99 € | 978-3-95400-320-4

Erst stößt Kommissarin Lale Petersen mit einem Radfahrer zusammen, dann soll sie die Schutzpolizei auf der Jagd nach Perversen in den Elbauen unterstützen. Und schließlich erfährt sie ausgerechnet von ihrem Exmann, dem Schnösel von Staatsanwalt, dass der Radfahrer sie wegen Unfallflucht angezeigt hat! Als Lale und ihre Kollegin Mandy den Burschen an seinem Arbeitsplatz zur Rede stellen wollen, ist er kalt, still – und tot.

Weitere Krimis und Romane finden Sie unter:
**www.sutton-belletristik.de**